灵美儿童文学读本

蝴蝶诗人

金波 等 著 畅小米 绘

王家勇 主编

北方联合出版传媒（集团）股份有限公司

万卷出版公司

2017年·沈阳

ⓒ 金波等 畅小米 2017

图书在版编目（CIP）数据

蝴蝶诗人 / 金波等著；畅小米绘 . — 沈阳：万卷出版公司，2017.6
（2017.9 重印）

（最美儿童文学读本 / 王家勇主编）

ISBN 978-7-5470-4425-4

Ⅰ．①蝴… Ⅱ．①金… ②畅… Ⅲ．①儿童文学—作品综合集—世界
Ⅳ．① I18

中国版本图书馆 CIP 数据核字（2017）第 057378 号

本书所涉部分作品著作权由中国文字著作权协会代理，电话：010-65978905/06
转 836，传真：010-65978926，E-mail：wenzhuxie@126.com。

出版发行：北方联合出版传媒（集团）股份有限公司
　　　　　万卷出版公司
　　　　　（地址：沈阳市和平区十一纬路 25 号　邮编：110003）
印 刷 者：沈阳海世达印务有限公司
经 销 者：全国新华书店
幅面尺寸：170mm×240mm
字　　数：160 千字
印　　张：15
出版时间：2017 年 6 月第 1 版
印刷时间：2017 年 9 月第 2 次印刷
责任编辑：张洋洋
封面设计：徐春迎
版式设计：徐春迎
责任校对：穆鼎文
ISBN 978-7-5470-4425-4
定　　价：25.00 元

联系电话：024-23284090
邮购热线：024-23284050
传　　真：024-23284521
E-mail：vpc_tougao@163.com
腾讯微博：http://t.qq.com/wjcbgs

富于梦想和希望的儿童文学

　　梦想和希望是儿童文学的永恒主题，梦想是儿童文学叙写的对象，而希望则是儿童文学营造的目标，由于儿童文学的纯净特性和幻想气质，本就带有极强主观性色彩的梦想和希望几乎成为了众多儿童文学文本中的主体，它们恣意地、自由地徜徉于儿童文学所栖居的诗意大地上，尽最大努力为孩童们构建一个完美的"黄金时代"。每当我浏览《最美儿童文学读本》所选的这些篇目时，我的脑海中就会不自觉地闪现一幕幕的场景，仿佛我已成为这些故事中的一个角色、一个道具甚至一个微不足道的小物件，陪伴着读者一起笑、一起哭，一起体悟人生百味。

　　我想这也许就是儿童文学的巨大魅力吧，因为儿童文学是富于梦想和希望的，同时儿童文学也能够赋予梦想和希望。在儿童文学中，我们可以肆无忌惮地重温童年、可以尽情地享受父爱母爱、可以无拘无束地拥抱大自然；在儿童文学中，我们可以游走在真实的现实世界中，也可以徜徉于天马行空的幻想世界里；在儿童文学中，我们是神、人、魔鬼、巫师、动物、植物甚至是无机物，我们无所不在、无所不能；在儿童文学中，我们读懂了智慧、勇敢、忠诚、舍得这些优良的人格品性；在儿童文学中，我们学会了成长的意味，成长绝不像我们想象和经历得那么简单，它不但有汤姆·索亚成长路上的自由和快乐，也有曹文轩、薛涛笔下那充满苦难、伤痛和委屈的成长历程；在儿童文学中，一部分篇章是将美好、理想、梦想和希望直接呈现在我们面前，它们故事明快、感情浓烈，极易引发读者的共鸣，而另一部分篇章则会向我们呈现世界的另一面：虚伪、狡诈、欺骗……可正如著名儿童文学理论家刘绪源所说："当文学对现实人生表示不满，当作品充满深刻的忧虑，并在这忧虑之中渗透了渴望的时候，文学不就已经满载着憧憬，不就已经满载着关于未来的并不虚妄的'梦'了么？"的确是这样的，儿童文学不做消极悲观的代言者，但也决不做粉饰虚假太平的谄媚者，这就是儿童文学的良知和大美之处，同时也是儿童文学富于梦想和希望并能赋予梦想和希望的根源所在。儿童文学几乎是"万能"的。

　　这套丛书中的上百篇儿童文学作品，不仅仅是给儿童阅读的，也是给成人的。因为这些作品中有着极为丰富的人生经验、生活哲理和思想价值，我们读到的不仅是故事，更是故事背后所蕴含的深意。曹文轩曾说道："孩子是民族的未来，儿童文学作家是民族未来性格的塑造者。"我则希望儿童文学不但可以塑造儿童，亦可塑造成人。另外，书中很多篇章都配有"牵手阅读"，这既是一种编辑、家长与儿童间的陪伴牵手，也是一种作品与读者间的灵魂牵手，这些"牵手阅读"并不是要教人们如何阅读，而是一种陪伴和交流，我期盼在这个过程中，我们能够一起回味美好的童年、一起迎接有梦想和希望的未来。

王家勇

2017 年 3 月 1 日

目录
Contents

生命的诗情

作家大朋友

盲孩子的世界

童年书香

我们的动物朋友

爷爷的故事

淘气包的故事

生活的哲理

童话之夜

有爱的世界才温暖

小人物的悲剧

到大自然中走一走

生命的诗情

　　我偶然从书架上取下我的诗集，还没等我翻开书页，忽然听见有谁在朗诵诗。那声音好像很遥远，好像在山的那边，在白云之间；那声音又好像很近，就在耳边，伏在我的肩头。

蝴蝶诗人

金　波

一

有一年夏天，我在花园里捉住一只大蝴蝶。

它可不是一只普通的蝴蝶，它比我的手掌还要大。

它翅膀上的花纹出奇的美丽。

最使人惊奇的是，你心里想什么，它的翅膀上就能显现什么，比如我想象高山，翅膀上就显现高山，山上有很多绿树，树林里还有鸟声。

又比如我想象大海，海上浪花飞溅，还发出哗哗的海潮声。

我捉住了这只大蝴蝶，如获至宝。

我不知道该把它放在什么地方好。

想来想去，最后决定把它夹在我的一本诗集里。

我想，即使它死了，仍不会失去它的美丽，它还是一只蝴蝶标本。

二

一晃一年过去了，我早已忘记了那只大蝴蝶。

有一天，我偶然从书架上取下我的诗集，还没等我翻开书页，忽然听见有谁在朗诵诗。

那声音好像很遥远，好像在山的那边，在白云之间；那声音又好像很近，就在耳边，伏在我的肩头。

我仔细倾听着，只听见那声音朗诵着这样的诗句：

"在山的那边，

有一座花园，

那是我的家，

我常常思念。"

这诗听起来怎么那么耳熟？

我忽然想起来，这就是我印在诗集里的那首短诗。

再仔细听听，那声音就是从那本诗集里传出来的。

我急忙翻开诗集，那只大蝴蝶竟然没有死！

它从书页上站起来，扇动着依然鲜艳的翅膀，继续朗诵着：

"我思念远方的小草，

我思念远方的小鸟，

还有一朵朵郁金香，

那是我温暖的小巢。"

我简直惊呆了。

我屏住呼吸，生怕呼出的气息惊飞了这只复活了的大蝴蝶。

只见那大蝴蝶不但没飞走，反而在那书页上走了一个圆场，然后停下来，向我深深地鞠了一躬。

我情不自禁地为它鼓掌，连连叫好。

大蝴蝶用一种很柔美的语调和我说："我要感谢你，感谢你让我读了一年诗。啊，多么美的诗啊！"

它这么一夸赞，倒让我很不好意思。

三

现在，既然大蝴蝶并没有死去，又把我的诗朗诵得那么带感情、那么动听，我就要考虑该怎样重新安排它的生活了。

我说："蝴蝶，噢，现在应当称你为蝴蝶诗人，你能不能长期住在我这儿呀？我的花园里有花、有草、有露水。我要让你生活得舒舒服服，自由自在。"

蝴蝶扇动了一下翅膀，用诗一样的语言告诉我："你的家再大，也很窄小。我要飞过山，飞过海，去到各地走走，各地看看。"

　　我一听说它不肯留下，就急切地说：“我希望你留下，真诚地希望你留下，我每天都会有新诗献给你啊！”

　　“我要感谢你的好意。但是，我不能只读你的诗，我也要写诗了。”

　　“你也可以在我家写诗呀！”我几乎是在恳求它了，“你可以住在我家阳台上，这里有绿萝，有月季，还有和你一样美丽的蝴蝶兰。”

"不，不，我不能关在阳台上写诗。我要飞，飞得远远的。
我要把我写的诗，朗诵给大山听，给小树听，给花朵听，也朗诵
给蝴蝶听，它们也会成为诗人的。"

我望着蝴蝶的翅膀，那上面显现着春天的山野，阳光很明亮，
花朵很鲜丽。

我推开阳台的纱窗，让它飞走了。

它在我家的窗前来来回回飞了几趟，像是和我告别。

它飞了很远很远，我还听到它在朗诵：

"我思念远方的小草，

我思念远方的小鸟，

还有一朵朵郁金香，

那是我温暖的小巢。"

忽然，我看见从四面八方飞来许许多多色彩斑斓的大蝴蝶，
它们跟着蝴蝶诗人在飞。

渐渐地，在蓝天上聚成一朵彩色的云，向远方飘去。

在天晴了的时候

戴望舒

在天晴了的时候，

该到小径中去走走：

给雨润过的泥路，

一定是凉爽又温柔；

炫耀着新绿的小草，

已一下子洗净了尘垢；

不再胆怯的小白菊，

慢慢地抬起它们的头，

试试寒，试试暖，

然后一瓣瓣地绽透；

抖去水珠的凤蝶儿

在木叶间自在闲游，

把它的饰彩的智慧书页

曝着阳光一开一收。

到小径中去走走吧，

在天晴了的时候：

赤着脚，携着手，

踏着新泥，涉过溪流。

新阳推开了阴霾了，

溪水在温风中晕皱，

看山间移动的暗绿——

云的脚迹——它也在闲游。

一九四四年六月二日

牵手阅读

　　这首小诗，通过拟人的手法，用动态的表达方式，为我们绘出了一幅雨后放晴的乡村画卷，让我们感受到了雨后扑面而来的乡土气息。"泥路"是温柔的；"小草"为新绿炫耀；"小白菊"大胆地试寒试暖，一瓣瓣地绽透；"凤蝶儿"在草木中自在闲游。雨后的一切，似乎都焕然一新，令人神往。诗人以拟人和象征的手法借物抒情，以童真的视角去捕捉朴实的情感——淡然、悠闲、纯净，心怀中是明媚恬淡的晴天普照。这种打动我们的童趣的诗意，恰恰是人类心灵的原初状态。在语言上，诗人一韵到底，读来富有强烈的节奏感。在感受清新活泼的雨后村景时，似乎感受到暗藏在诗中的"深意"，令人回味无穷。

自然，流过心灵的诗情

宗白华

我小时候虽然好玩耍，不念书，但对山水风景的酷爱是发乎自然的。天空的白云和覆成桥畔的垂柳，是我童年最亲密的伴侣。我喜欢一个人坐在水边石上看天上白云的变幻，心里浮着幼稚的幻想。云的许多不同的形象动态，早晚风色中各式各样的风格，是我童年里独自把玩的对象。都市里没有好风景，天上的流云，时常幻出海岛沙洲、峰峦湖沼。我有一天私自就云的各样境界，分出汉代的云、唐代的云，抒情的云、戏剧的云，等等，很想做一个"云谱"。

风烟清寂的郊外，清凉山、扫叶楼、雨花台、莫愁湖是我同几个小伙伴每星期日步行游玩的目标。我记得当时的小文里有"拾石雨花，寻诗扫叶"的句子。湖山的清景在我的童年里有着莫大的势力。一种罗曼蒂克的遥远的情思引着我在森林里、落日的晚霞里、远寺的钟声里有所追寻，一种无名的隔世的相思，鼓荡着一股心神不安的情调；尤其是在夜里，独自睡在床上，顶爱听那远远的箫笛声，那时心中有一缕说不出的深切的凄凉的感觉，和说不出的幸福的感觉结合在一起；我仿佛和那窗外的月光、雾光融化为一，飘浮在树林间，随着箫声、笛声孤寂而远引——这时我的心最快乐。

十三四岁的时候，小小的心里已经筑起一个自己的世界。家里人说我少年老成，其实我并没念过什么书，也不爱念书，诗是更没有听过读过；只是好幻想，有自己的奇异的梦与情感。

十七岁一场大病之后，我扶着弱体到青岛去求学，病后的神经是特别灵敏，青岛的海风吹醒我心灵的成年。世界是美丽的，生命是壮阔的，海是世界和生命的象征。这时我喜欢清晨晓雾的海，喜欢落日余晖里几点遥远的白帆掩映着一望无尽的金碧的海。有时崖边独坐，柔波软语，絮絮如诉衷曲。我爱它，我懂它，就同人懂得他爱人的灵魂、每一个微小的动作一样。

……

在中学时，有两次寒假，我到浙东万山之中一个幽美的小城里过年。那四周的山色浓丽清奇，似梦如烟；初春的地气，在佳山秀水里蒸发得较早，举目都是浅蓝深黛；湖光峦影笼罩得人自己也觉得成了一个透明体。

这时我喜欢读诗，我喜欢有人听我读诗，夜里山城清寂，抱膝微吟，灵犀一点，脉脉相通。我的朋友有两句诗："华灯一城梦，明月百年心。"可以作我这时心情的写照。

（本文选自《我和诗》，有删节）

作家大朋友

老舍先生很好客，每天下午，来访的客人不断。作家，画家，戏曲、曲艺演员……老舍先生都是以礼相待，谈得很投机。

我叫任溶溶，我又不叫任溶溶

任溶溶

　　我叫任溶溶，其实我不叫任溶溶。我家倒真有个任溶溶，那是我女儿。不用说，先得有我女儿，才能有我女儿的名字；先得有我女儿的名字，才能有我用的她的名字。我是在她生下来那年开始专门做儿童文学工作的。知道我女儿的岁数，就知道我专门从事这工作的年头了：她是属狗的。再说她如今也有了她自己的女儿，瞧，这小妞儿这会儿正坐在我身边看书，一页又一页地看，一页又一页地翻，可书倒着拿，因为她别说不识字，连画也看不懂，总共才一岁。

　　我做起儿童文学工作来，是件很偶然的事。

　　我本来是——不，我一直是个文字改革工作者。我十几岁就参加文字改革工作（那会儿是宣传拉丁化新文字），以后再没放弃过，这个工作对我后来做儿童文学工作有很大的好处。研究拼音文字就要研究我国文字的发展规律，要注意口语，这就使我对祖国语言文字有一个基本的认识。儿童文学除了对儿童进行思想教育，并使他们获得艺术享受之外，还要向他们进行语文教育。孩子正在学习语文阶段，一篇短文，一部长篇小说，都是向孩子进行语文教育，因此儿童文学工作者都要有语文修养。我自己是通过做文字改革工作获得这种语文知识的。

我在大学里念的是中国文学系。那时候我对文字学和音韵学很感兴趣，再加上我觉得外国文学用不着别人来逼我读，我自己早就一直在读，倒是中国古典文学作品不逼一下读不下去，也读不大懂，因此有意选了这个系。结果就给古诗词迷住了。这也使我长了不少知识。

学校出来以后，我翻译美国文学作品，就在这个时候，我的一个同学进儿童书局编儿童杂志，要稿子，知道我在做文学翻译工作，跑来找我，要我每期帮他译几篇凑足字数。我于是去找外国儿童读物看。它们丰富多彩的插图吸引了我，我很高兴帮他这个忙。因为每期有几篇，笔名要用上好几个。我这时候刚有了第一个孩子，她的名字也成了我的笔名之一。由于喜欢这个孩子，也就喜欢这个笔名，碰到自以为得意的作品，如美国儿童文学作家哈里斯的《里马斯叔叔的故事》等，就用上这个名字，到后来自己竟成为任溶溶了。不知怎么搞的，我竟没想到孩子会长大起来。等到她长大起来，麻烦也就来了。有人上我家找任溶溶，家里得问找哪一个。后来来老的找我，来小的找她。当然也有弄错的时候，来了小朋友，以为找她，却是来找我的。至于有些小读者给我来信，开头就是"亲爱的任溶溶大姐姐""亲爱的任溶溶阿姨"，毛病一准儿也出在这个名字上。

　　这就是我名字的来由。

老舍先生

汪曾祺

　　北京东城迺兹府丰富胡同有一座小院。走进这座小院，就觉得特别安静，异常豁亮。这院子似乎经常布满阳光。院里有两棵不大的柿子树（现在大概已经很大了），到处是花，院里、廊下、屋里，摆得满满的。按季更换，都长得很精神，很滋润，叶子很绿，花开得很旺。这些花都是老舍先生和夫人胡絜青亲自莳弄的。天气晴和，他们把这些花一盆一盆抬到院子里，一身热汗。刮风下雨，又一盆一盆抬进屋，又是一身热汗。老舍先生曾说："花在人养。"老舍先生爱花，真是到了爱花成性的地步，不是可有可无的了。汤显祖曾说他的词曲"俊得江山助"。老舍先生的文章也可以说是"俊得花枝助"。叶浅予曾用白描为老舍先生画像，四面都是花，老舍先生坐在百花丛中的藤椅里，微仰着头，意态悠远。这张画不是写实，意思恰好。

　　客人被让进了北屋当中的客厅，老舍先生就从西边的一间屋子走出来。这是老舍先生的书房兼卧室。里面陈设很简单，一桌、一椅、一榻。老舍先生腰不好，习惯睡硬床。老舍先生是文雅的、彬彬有礼的。他的握手是轻轻的，但是很亲切。茶已经沏出色了，老舍先生执壶为客人倒茶。据我的印象，老舍先生总是自己给客人倒茶的。

　　老舍先生爱喝茶，喝得很勤，而且很酽。他曾告诉我，到莫斯科去开会，旅馆里倒是为他特备了一只暖壶。可是他沏了茶，刚喝了几口，一转眼，服务员就给倒了。"他们不知道，中国人是一天到晚喝茶的！"

　　有时候，老舍先生正在工作，请客人稍候，你也不会觉得闷得慌。你可以看看花。如果是夏天，就可以闻到一阵一阵香白杏的甜香味儿。一大盘香白杏放在条案上，那是专门为了闻香而摆设的。你还可以站起来看看西壁上挂的画。

　　老舍先生藏画甚富，大都是精品。所藏齐白石的画可谓"绝品"。壁上所挂的画是时常更换的。挂的时间较久的，是白石老人应老舍点题而画的四幅屏。其中一幅是很多人在文章里提到过的"蛙声十里出山泉"。"蛙声"如何画？白石老人只画了一脉活泼的流泉，两旁是乌黑的石崖，画的下端画了几只摆尾的蝌蚪。画刚刚裱起来时，我上老舍先生家去，老舍先生对白石老人的设想赞叹不止。

　　老舍先生极其爱重齐白石，谈起来时总是充满感情。我所知道的一点白石老人的逸事，大都是从老舍先生那里听来的。老舍先生谈这四幅里原来点的题有一句是苏曼殊的诗（是哪一句我忘记了），要求画卷心的芭蕉。老人踌躇了很久，终于没有应命，因为他想不起芭蕉的心是左旋还是右旋的了，不能胡画。老舍先生说："老人是认真的。"老舍先生谈起过，有一次要拍齐白石的画的电影，想要他拿出几张得意的画来，老人说："没有！"后来由他的学生再三说服动员，他才从画案的隙缝中取出一卷（他是木匠出身，他的画案有他自制的"消息"），外面裹着好几层报纸，写着四个大字："此是废纸。"打开一看，都是惊人的杰作——就是后来纪录片里所拍摄的。白石老人家里人口很多，每天煮饭的米都是老人亲自量，用一个香烟罐头。"一下、两下、三下……行了！"——"再添一点，再添一点！"——"吃那么多呀！"有人曾提出把老人接出来住，这么大岁数了，不要再操心这样的家庭琐事了。老舍先生知道了，给拦了，说："别！他这么着惯了。不叫他干这些，他就活不成了。"老舍先生的意见表现了他对人的理解，对一个人生活习惯的尊重，同时也表现了对白石老人真正的关怀。

　　老舍先生很好客，每天下午，来访的客人不断。作家，画家，戏曲、曲艺演员……老舍先生都是以礼相待，谈得很投机。

　　每年，老舍先生要把市文联的同人约到家里聚两次。一次是菊花开的时候，赏菊。一次是他的生日——我记得是腊月二十三。酒菜丰盛，而有特点。酒是"敞开供应"，汾酒、竹叶青、伏特加，愿意喝什么喝什么，能喝多少喝多少。有一次很郑重地拿出一瓶葡萄酒，说是毛主席送来的，让大家都喝一点。菜是老舍先生亲自掂配的。老舍先生有意叫大家尝尝地道的北京风味。我记得有次有一瓷钵芝麻酱炖黄花鱼。这道菜我从未吃过，以后也再没有吃过。老舍家的芥末墩是我吃过的最好的芥末墩！有一年，他特意订了两大盒"盒子菜"。直径三尺许的朱红扁圆漆盒，里面分开若干格，装的不过是火腿、腊鸭、小肚、口条之类的切片，但都很精致。熬白菜端上来了，老舍先生举起筷子："来来来！这才是真正的好东西！"

老舍先生对他下面的干部很了解，也很爱护。当时市文联的干部不多，老舍先生对每个人都相当清楚。他不看干部的档案，也从不找人"个别谈话"，只是从平常的谈吐中就了解一个人的水平和才气，那是比看档案要准确得多的。老舍先生爱才，对有才华的青年，常常在各种场合称道，"平生不解藏人善，到处逢人说项斯"。而且所用的语言在有些人听起来是有点过甚其词，不留余地的。老舍先生不是那种惯说模棱两可、含糊其词、温吞水一样的官话的人。我在市文联几年，始终感到领导我们的是一位作家。他和我们的关系是前辈与后辈的关系，不是上下级关系。老舍先生这样"作家领导"的作风在市文联留下很好的影响，大家都平等相处，开诚布公，说话很少顾虑，都有点书生气、书卷气。他的这种领导风格，正是我们今天很多文化单位的领导所缺少的。

老舍先生是市文联的主席，自然也要处理一些"公务"，看文件，开会，作报告（也是由别人起草的）……但是作为一个北京市的文化工作的负责人，他常常想着一些别人没有想到或想不到的问题。

北京解放前有一些盲艺人，他们沿街卖艺，有的还兼带算命，生活很苦。他们的"玩意儿"和睁眼的艺人不全一样。老舍先生和一些盲艺人熟识，提议把这些盲艺人组织起来，使他们的生活有出路，别让他们的"玩意儿"绝了。为了引起各方面的重视，他把盲艺人请到市文联演唱了一次。老舍先生亲自主持，作了介绍，还特烦两位老艺人翟少平、王秀卿唱了一段《当皮箱》。这是一个喜剧性的牌子曲，里面有一个人物是当铺的掌柜，说山西话；有一个牌子叫"鹦哥调"，句尾的和声用喉舌做出有点像母猪拱食的声音，很特别，很逗。这个段子和这个牌子，是睁眼艺人没有的。老舍先生那天显得很兴奋。

北京有一座智化寺，寺里的和尚做法事和别的庙里的不一样，演奏音乐。他们演奏的乐调不同凡响，很古。所用乐谱别人不能识，记谱的符号不是工尺，而是一些奇奇怪怪的笔道。乐器倒也和现在常见的差不多，但主要的乐器却是管。据说这是唐代的"燕乐"。解放后，寺里的和尚多半已经各谋生计了，但还能集拢在一起。老舍先生把他们请来，演奏了一次。音乐界的同志对这堂活着的古乐都很感兴趣。老舍先生为此也感到很兴奋。

《当皮箱》和"燕乐"的下文如何，我就不知道了。

老舍先生是历届北京市人民代表。当人民代表就要替人民说话。以前人民代表大会的文件汇编是把代表提案都印出来的。有一年老舍先生的提案是：希望政府解决芝麻酱的供应问题。那一年北京芝麻酱缺货。老舍先生说："北京人夏天离不开芝麻酱！"不久，北京的油盐店里有芝麻酱卖了，北京人又吃上了香喷喷的麻酱面。

老舍是属于全国人民的，首先是属于北京人的。

一九五四年，我调离北京市文联，以后就很少上老舍先生家里去了。听说他有时还提到我。

一九八四年三月二十日

泰戈尔

徐志摩

　　我有几句话想趁这个机会对诸君讲，不知道你们有没有耐心听。泰戈尔先生快走了，在几天内他就离别北京，在一两个星期内他就告辞中国。他这一去大约是不会再来的了。也许他永远不能再到中国。

　　他是六七十岁的老人，他非但身体不强健，他并且是有病的。去年秋天他还发了一次很重的骨痛热病。所以他要到中国来，不但他的家属、他的亲戚朋友、他的医生，都不愿意他冒险，就是他欧洲的朋友，比如法国的罗曼·罗兰，也都有信去劝阻他。他自己也曾经踌躇了好久，他心里常常盘算他如期到中国来，他究竟能不能够给我们好处，他想中国人自有他们的诗人、思想家、教育家，他们有他们的智慧、天才、心智的财富与营养，他们更用不着外来的补助与戟刺，我只是一个诗人，我没有宗教家的福音，没有哲学家的理论，更没有科学家实利的效用，或是工程师建设的才能，他们要我去做什么，我自己又为什么要去，我有什么礼物带去满足他们的盼望！他真的很觉得迟疑，所以他延迟了他的行期。但是他也对我们说到冬天完了，春风吹动的时候（印度的春风比我们的吹得早），他不由得感觉了一种内迫的冲动，他面对着逐渐滋长的青草与鲜花，不由得抛弃了，忘却了他应尽的职务，不由得解放了他的歌唱的本能，和着新来的鸣雀，在柔软的南风中开怀的讴吟，同时他收到我们催请的信，我们青年盼望他的诚意与热心，唤起了老人的勇气。他立即定夺了他东来的决心。他说趁我暮年的肢体不曾僵透，趁我衰老的心灵还能感受，决不可错过这最后唯一的机会，这博大、从容、礼让的民族，我幼年时便发心朝拜，与其将来在黄昏寂静的境界中萎衰地惆怅，何如利用这夕阳未暝时的光芒，了却我晋香人的心愿？

他所以决意地东来，他不顾亲友的劝阻、医生的警告，不顾他自己的高年与病体，他也撇开了在本国迫切的任务，跋涉了万里的海程，他来到了中国。

自从四月十二在上海登岸以来，可怜老人不曾有过一半天完整的休息，旅行的劳顿不必说，单就公开的演讲以及较小集会时的谈话，至少也有了三四十次！他的，我们知道，不是教授们的讲义，不是教士们的讲道，他的心府不是堆积货品的栈房，他的辞令不是教科书的喇叭。他是灵活的泉水，一颗颗颤动的圆珠从池心里兢兢地泛登水面，都是生命的精液；他是瀑布的吼声，在白云间，青林中，石罅里，不住地啸响；他是百灵的歌声，他的欢欣、愤慨、响亮的谐音，弥漫在无际的晴空。但是他是倦了，终夜的狂歌已经耗尽了子规的精力，东方的曙色亦照出他点点的心血染红了蔷薇枝上的白露。

老人是疲乏了。这几天他睡眠也不得安宁。他已经透支了他有限的精力。他差不多是靠散拿吐瑾过日的，他不由得不感觉风尘的厌倦，他时常想念他少年时在恒河边沿拍浮的清福，他想望椰树的清荫与曼果的甜瓤。

但他还不仅是身体的惫劳，他也感觉心境的不舒畅。这是很不幸的。我们做主人的只是深深的负歉。他这次来华，不为游历，不为政治，更不为私人的利益，他熬着高年，冒着病体，抛弃自身的事业，备尝行旅的辛苦，他究竟为的是什么？他为的只是一点看不见的情感。说远一点，他的使命是在修补中国与印度两民族间中断千余年的桥梁，说近一点，他只想感召我们青年真挚的同情。因为他是信仰生命的，他是尊崇青年的，他是歌颂青春与清晨的，他永远指点着前途的光明。悲悯是当初释迦牟尼证果的动机，悲悯也是泰戈尔先生不辞艰苦的动机。现代的文明只是骇人的浪费，贪淫与残暴，自私与自大，相猜与相忌，飓风似的倾覆了人道的平衡，产生了巨大的毁灭。芜秽的心田里只是误解的蔓草，毒害同情的种子，更没有收成的希冀。在这个荒惨的境地里，难得有少数的丈夫，不怕阻难，不自馁怯，肩上扛着铲除误解的大锄，口袋里满装着新鲜人道的种子，不问天时是阴是雨是晴，不问是早晨是黄昏是黑夜，他只是努力地工作，清理一方泥土，施殖一方生命，同时口唱着嘹亮的新歌，鼓舞在黑暗中将次透露的萌芽，泰戈尔先生就是这少数中的一个。他是来广布同情的，他是来消除成见的。我们亲眼见过他慈祥的阳春似的表情，亲耳听过他从心灵底里迸裂出的大声，我想只要我们的良心不曾受恶毒的烟煤熏黑，或是被恶浊的偏见污抹，谁不曾感觉他至诚的力量，魔术似的，为我们生命的前途开辟了一个神奇的境界，燃点了理想的光明？所以我们也懂得他的深刻的懊怅与失望，如其他知道部分的青年不但不能容纳他的灵感，并且成心诬毁他的热忱。我们固然奖励思想的独立，但我们绝不敢附和误解的自由。他生平最满意的成绩就在他永远能得青年的同情，不论在德国，在丹麦，在美国，在日本，青年永远是他最忠心的朋友。他也曾经遭受种种的误解与攻击，政府的猜疑与报纸的诬毁与守旧派的讥评，不论如何的谬妄与剧烈，从不曾扰动他优容的大量，他的希望，他的信仰，他的爱心，他的至诚，完全地托付青年。我的须，我的发是白的，但我的心却永远是青的，他常常对我们说，只要青年是我的知己，我理想的将来就有着落，我乐观的明灯永远不致暗淡。他不能相信纯洁的青年也会坠落在怀疑、猜忌、卑琐的泥涸。他更不能信中国的青年会沾染不幸的污点。他真不预备在中国遭受意外的待遇。他很不自在。他很感觉异样地怆心。

因此精神的懊丧更加重他躯体的倦劳。他差不多是病了。我们当然很焦急地期望他的健康，但他再没有心境继续他的讲演。

我们恐怕今天就是他在北京公开讲演最后的一个机会。他有休养的必要。我们也决不忍再使他耗费他有限的精力。他不久又有长途的跋涉，他不能不有三四天完全的养息，所以从今天起，所有已经约定的会集，公开与私人的，一概撤销，他今天就出城去静养。

我们关切他的一定可以原谅，就是一小部分不愿意他来做客的诸君也可以自喜战略的成功。他是病了，他在北京不再开口了，他快走了，他从此不再来了。但是同学们，我们也得平心地想想，老人到底有什么罪，他有什么负心，他有什么不可容赦的犯案？公道是死了吗，为什么听不见你的声音？

他们说他是守旧，说他是顽固。我们能相信吗？他们说他是"太迟"，说他是"不合时宜"，我们能相信吗？他自己是不能信，真的不能信。他说这一定是滑稽家的反调。他一生所遭逢的批评只是太新，太早，太急进，太激烈，太革命的，太理想的，他六十年的生涯只是不断地奋斗与冲锋，他现在还只是冲锋与奋斗。但是他们说他是守旧，太迟，太老。他顽固奋斗的对象只是暴烈主义、资本主义、帝国主义、武力主义，杀灭性灵的物质主义；他主张的只是创造的生活，心灵的自由，国际的和平，教育的改造，普爱的实现。但他们说他是帝国政策的间谍，资本主义的助力，亡国奴族的流民，提倡裹脚的狂人！肮脏是在我们的政策与暴徒的心里，与我们的诗人又有什么关联？昏乱是在我们冒名的学者与文人的脑里，与我们的诗人又有什么亲属？我们何妨说太阳是黑的，我们何妨说苍蝇是真理？同学们，听信我的话，像他的这样伟大的声音我们也许一辈子再不会听着的了。留神目前的机会，预防将来的惆怅！他的人格我们只能到历史上去搜寻比拟。他的博大的温柔的灵魂我敢说永远是人类记忆里的一次灵迹。他的无边的想象与辽阔的同情使我们想起惠德曼；他的博爱的福音与宣传的热心使我们记起托尔斯泰；他的坚忍的意志与艺术的天才使我们想起造摩西像的密仡郎其罗；他的诙谐与智慧使我们想象当年的苏格拉底与老聃；他的人格的和谐与优美使我们想念暮年的葛德；他的慈祥的纯爱的抚摩，他的为人道不厌的努力，他的磅礴的大声，有时竟使我们唤起救主的心像；他的光彩，他的音乐，他的雄伟，使我们想念奥林匹克山顶的大神。他是不可侵凌的，不可逾越的，他是自然界的一个神秘的现象。他是三春和暖的南风，惊醒树枝上的新芽，增添处女颊上的红晕。他是普照的阳光。他是一派浩瀚的大水，来从不可追寻的渊源，在大地的怀抱中终古地流着，不息地流着，我们只是两岸的居民，凭借这慈恩的天赋，灌溉我们的田稻，疏解我们的消渴，洗净我们的污垢。他是喜马拉雅积雪的山峰，一般的崇高，一般的纯洁，一般的壮丽，一般的高傲，只有无限的青天枕藉他银白的头颅。

人格是一个不可错误的实在，荒歉是一件大事，但我们是饿惯了的，只认鸠形与鹄面是人生本来的面目，永远忘却了真健康的颜色与彩泽。标准的低降是一种可耻的堕落；我们只是踞坐在井底的青蛙。但我们更没有怀疑的余地。我们也许揣详东方的初白，却不能非议中天的太阳。我们也许见惯了阴霾的天时，不耐这热烈的光焰，消散天空的云雾，暴露地面的荒芜，但同时在我们心灵的深处，我们岂不也感觉一个新鲜的影响，催促我们生命的跳动，唤醒潜在的想望，仿佛是武士望见了前峰烽烟的信号，更不踌躇地奋勇前向？只有接近了这样超轶的纯粹的丈夫，这样不可错误的实在，我们方始相形的自愧我们的口不够阔大，我们的嗓音不够响亮，我们的呼吸不够深长，我们的信仰不够坚定，我们的理想不够莹澈，我们的自由不够磅礴，我们的语言不够明白，我们的情感不够热烈，我们的努力不够勇猛，我们的资本不够充实……

我自信我不是恣滥不切事理的崇拜，我如其曾经应用浓烈的文字，这是因为我不能自制我浓烈的感想。但我最急切要声明的是，我们的诗人，虽则常常招受神秘的徽号，在事实上却是最清明、最有趣、最诙谐、最不神秘的生灵。他是最通达人情、最近人情的。我盼望有机会追写他日常的生活与谈话。如其我是犯嫌疑的，如其我也是性近神秘的（有好多朋友这么说），你们还有适之先生的见证，他也说他是最可爱、最可亲的个人；我们可以相信适之先生绝对没有"性近神秘"的嫌疑！所以无论他怎样的伟大与深厚，我们的诗人还只是有骨有血的人，不是野人，也不是天神。唯其是人，尤其是最富情感的人，所以他到处要求人道的温暖与安慰，他尤其要我们中国青年的同情与情爱。他已经为我们尽了责任，我们不应，更不忍辜负他的期望。同学们，爱你的爱，崇拜你的崇拜，是人情不是罪孽，是勇敢不是懦怯。

十二日在真光讲

选自《晨报副刊》一九二四年五月十九日

牵手阅读

　　本文是徐志摩在 1924 年 5 月泰戈尔即将离华前，在北京真光剧场所作的一次关于泰戈尔的讲演。既是讲演，就要求词锋犀利直接，语言酣畅淋漓。而这篇作品，感情充沛、陈词恳切，是一则极为成功的讲演。整篇讲演结构缜密、语言精妙，再加上讲演者的气质风度，当年诗人徐志摩在真光剧场热情洋溢、顾盼神飞的姿态宛然在目。

盲孩子的世界

在他的世界里，没有光亮，没有色彩。他是一个永远生活在黑夜里的孩子。他无法亲近别的小伙伴，只能静静地坐在一旁，听他们说笑嬉戏。

盲孩子和他的影子

金　波

他是一个盲孩子。

在他的世界里，没有光亮，没有色彩。

他是一个永远生活在黑夜里的孩子。

他无法亲近别的小伙伴，只能静静地坐在一旁，听他们说笑嬉戏。

他还喜欢听鸟儿黎明时的叫声，春风从耳边吹过的声音，连蜜蜂扇动翅膀的声音他也很喜欢。

他的日子过得很寂寞。

他常常自言自语："谁跟我玩儿呢？"

"我跟你玩儿呀！"这一天，忽然有谁在他耳边轻轻地这样说。

"你是谁呀？"他扭过头惊奇地问。

"我是你的影子。"那声音很好听，也很和气。

盲孩子从没见过影子，他想象不出影子是什么样儿的。

影子向他解释着："我永远跟你在一起，你走到哪里，我就跟到哪里。"

"你长得什么样儿呢？"盲孩子又问。

"我长得和你一样。"影子高兴地回答。

它觉得这样回答太简单了，又补充道："我像黑夜一样黑，我还有一双黑眼睛。"

它怕自己仍没有说清楚，接着又问道："你知道黑颜色吗？"

盲孩子赶紧回答："我知道，我每天看到的都是黑颜色。"

从此，影子常常牵着盲孩子的手，带着他去牧场听牛儿哞哞地叫，羊儿咩咩地叫，还攀上山坡去采摘野花野果，走过小木桥去听潺潺的流水声。

盲孩子似乎感受到了光明，看到了色彩。他很快乐。

有一天，他问影子："请告诉我，你从哪里来？"

影子回答："我从阳光里来，也从月光里来，还从灯光里来……"

"那么说，只要有亮光就有你了，是吗？"盲孩子觉得又新奇，又兴奋。

"是的。光明是我的母亲。是她让我来到你身边陪伴着你的。"影子说这话的时候，觉得无比幸福。

盲孩子很受感动。他觉得影子的话带给他友情，带给他温暖。快乐的日子就这样开始了。

无论他们走到哪里，人们都会对盲孩子这样说："看，你有一个多么好的影子啊！"

每当听到人们这样夸赞他的影子，他总是告诉人们："它不只是我的影子，它还是我的朋友。"

人们常常看到他俩在阳光下、月光下，像好朋友似的说说笑笑；在没有阳光、没有月光的夜晚，盲孩子就点起一盏灯。有了光明，影子就来了，它陪着他唱歌，讲故事。

夏天的一个夜晚，天气阴沉沉的，没有月光。盲孩子提着一盏灯，由影子陪伴着他走出家门。他们去一个宁静的小树林里散步。

微风送来阵阵花香。还有鸟儿的叫声。

影子告诉他，今夜虽然没有月光，但天上的星星又多又亮。这时候，从附近的丛林里飞来一只萤火虫，飘飘忽忽地，闪着幽幽的光。它朝着盲孩子飞来，在他的眼前缓缓地飞着。

"是什么在飞？"盲孩子停下脚步仔细听着，"我听见翅膀扇动的声音。"

影子告诉他，是一只萤火虫，一只小小的萤火虫。

盲孩子从来没见过萤火虫。

"萤火虫？就像很烫很烫的小火星吗？"盲孩子好奇地问。

"不，不。萤火虫是很美丽的闪着光的小虫子。它不烫人的。"影子给他解释着。

盲孩子仰起头来望着夜空，他什么也看不见，茫然地摇摇头。

影子把手伸出来，它想接住那只美丽的萤火虫。

这时候，萤火虫真的落在它的手上了。

"啊，萤火虫就在我的手上。"影子兴奋地告诉盲孩子，"你把它接过去，它一点儿也不烫手，真的不烫手。"

盲孩子伸出一只手，接过那只萤火虫。他只觉得手心里痒酥酥的，是一只小虫子在爬。

他情不自禁地把手掌挨近自己的眼睛。仔仔细细地看着，不停地眨巴着眼睛。他多么希望看见这只会发光的萤火虫啊！

他注视着他那一片漆黑的世界，就像深不见底的黑洞。

忽然，在他的"黑洞"里，他第一次看见一个淡淡的光点在他的手心里移动着。同时，他手心也感到痒酥酥的。

那光点渐渐地变亮了。他从没见过这样美丽的光。他分辨不清那是幽蓝的光，还是翠绿的光，他只知道，在他这永久的黑夜里，此时此刻有了一颗米粒儿大小的光点了。

他永久的黑夜消失了。

"啊，我看见它了，萤火虫，小小的萤火虫！它像一盏小小的灯。"盲孩子几乎是在大声喊叫着，他从来没这样快乐过。

影子也高兴地笑了。

那一夜，萤火虫陪伴他们玩儿了很久很久，一会儿从手掌上飞起，给他们带路，走近一丛蔷薇花；一会儿又落在手掌上，闪闪发光。

夜深了，萤火虫向他们告别，飞进了一片寂静的树林。

当盲孩子提着他的灯，灯光里有他的影子陪伴他往家走的时候，他的心情好极了。因为今天他看见了萤火虫的光，虽然那光模模糊糊，小得像小米粒儿，但毕竟是他亲眼看到的啊！

耳边的风越来越大了。他感觉到手里提的灯晃来晃去。

影子说："天要下雨了，我们快些走吧！"

话音刚落，一声霹雳炸响，风夹着雨，雨带着风来了。

盲孩子手中的灯突然灭了。随后，影子也不见了。

盲孩子孤零零地一个人站在旷野上。

他呼唤他的影子，没有回应，听到的只有风声和雨声。他跟跟跄跄、跌跌爬爬地往家走，没走多远，他就跌倒在水坑里。

他坐在风雨里想：只有等到风停了，雨停了，太阳出来的时候，影子才会赶来吧？

过了很久很久，他感觉风小了，雨也小了。他似乎又听见了

翅膀扇动的声音。声音越来越大。

"是你吗？萤火虫？"盲孩子向夜空大声问着。

"是我。"一只萤火虫在回答。

"是我们。"有几只萤火虫在回答。

"是我们一群萤火虫来了！"有好多好多萤火虫在回答。

在夏夜的微风细雨中，无数只萤火虫组合成一盏美丽明亮的灯，一会儿闪着幽蓝的光，一会儿又闪着翠绿的光。

在这美丽明亮的灯光里，影子又回来了。

盲孩子望着他的影子惊喜地叫起来：

"啊！我的影子，是你吗？我好像看见你了！真的，我看见你了！"

他伸出双手，拉住了他这位黑色的好朋友，他们久久地拥抱在一起。

他身旁有那盏萤火虫组合的灯，还有他的影子伴随着他。

他看见了周围的一切！他们走过泥泞的旷野，踏上小路，走向家中。

风停了，雨停了，天晴了。

月亮出来了。今天的月亮特别亮。

又过了一会，太阳出来了。今天太阳出来得格外早。

月亮和太阳同时悬挂在天上。

还有那盏萤火虫灯。

这世间所有的光亮一齐照耀着盲孩子和他的影子。

　　他眼睛里的那个黑夜的世界，渐渐地泛起淡淡的光，像银亮的雾笼罩着周围的一切。不大工夫，那雾也消退了。

　　他看见了周围的一切！

　　他用惊奇的目光张望着这陌生而美丽的世界。他不但看见了太阳、月亮，还看见了那么多萤火虫组合的灯。

　　他还看见了天上出现了弯弯的彩虹。

　　他还看见了各种颜色的花朵。

　　还有绿草。还有草叶上明亮的露珠。

　　他的影子就站在他身边，和他手拉着手。

　　他转过脸，亲切地望着他这位朋友，它也微笑着望着他。

　　他发现，他的影子慢慢褪去了黑色，变成了一个衣着美丽的孩子，也有着一样红润的圆脸、油亮的头发和大大的黑眼睛。

　　人们说，他们像一对孪生兄弟。

　　他俩说，我们都是光明的孩子。

牵手阅读

　　这篇童话，作者用诗一般的语言讲述了一个盲孩子在他的影子和其他小伙伴的帮助下寻找到光明，而影子也因此得到了生命的故事。作品通过新奇的想象，描绘了一幅充满爱意的画面，歌颂了人与人之间的关怀和帮助，启发我们热爱生活、关爱弱者。

给盲童朋友

史铁生

　　各位盲童朋友，我们是朋友。我也是个残疾人，我的腿从21 岁那年开始不能走路了，到现在，我坐着轮椅又已经度过了21 年。残疾送给我们的困苦和磨难，我们都心里有数，所以不必说了。以后，毫无疑问，残疾还会一如既往地送给我们困苦和磨难，对此我们得有足够的心理准备。我想，一切外在的艰难和阻碍都不算可怕，只要我们的心理是健康的。

　　譬如说，我们是朋友，但并不因为我们都是残疾人我们才是朋友，所有的健全人其实都是我们的朋友，一切人都应该是朋友。残疾是什么呢？残疾无非是一种局限。你们想看而不能看。我呢，想走却不能走。那么健全人呢，他们想飞但不能飞——这是一个比喻，就是说健全人也有局限，这些局限也送给他们困苦和磨难。很难说，健全人就一定比我们活得容易，因为痛苦和痛苦是不能比出大小来的，就像幸福和幸福也比不出大小来一样。痛苦和幸福都没有一个客观标准，那完全是自我的感受。因此，谁能够保持不屈的勇气，谁就能更多地感受到幸福。生命就是这样一个过程，一个不断超越自身局限的过程，这就是命运，任何人都是一样，在这过程中我们遭遇痛苦、超越局限，从而感受幸福。所以一切人都是平等的，我们毫不特殊。

我们残疾人最渴望的是与健全人平等。那怎么办呢？我想，平等不是可以吃或可以穿的身外之物，它是一种品质，或者一种境界，你有了你就不用别人送给你，你没有，别人也无法送给你。怎么才能有呢？只要消灭了"特殊"，平等自然而然就会来了。就是说，我们不因为身有残疾而有任何特殊感。我们除了比别人少两条腿或少一双眼睛之外，除了比别人多一辆轮椅或多一根盲杖之外，再不比别人少什么和多什么，再没有什么特殊于别人的地方，我们不因为残疾就忍受歧视，也不因为残疾去摘取殊荣。如果我们干得好别人称赞我们，那仅仅是因为我们干得好，而不是因为我们事先已经省了被称赞的优势。我们靠货真价实的工作赢得光荣。当然，我们也不能没有别人的帮助，自尊不意味着拒绝别人的好意。只想帮助别人而一概拒绝别人的帮助，那不是强者，那其实是一种心理的残疾，因为事实上，世界上没有任何人不需要别人的帮助。

我们既不能忘记残疾朋友，又应该努力走出残疾人的小圈子，怀着博大的爱心，自由自在地走进全世界，这是克服残疾、超越局限的最要紧的一步。

童年 书香

万籁俱寂的夜晚，一片温暖的灯光下，我常常捧起一本书静静地阅读，我常常被书中的故事感动着，让腮边的泪水静静地流淌着。我就是这样品尝着阅读的滋味，享受着阅读的幸福。

我的读书生涯

王宜振

万籁俱寂的夜晚，一片温暖的灯光下，我常常捧起一本书静静地阅读，我常常被书中的故事感动着，让腮边的泪水静静地流淌着。我就是这样品尝着阅读的滋味，享受着阅读的幸福。

回忆自己的阅读生涯，回忆阅读中的酸甜苦辣，我常常暗暗地流泪。

我的阅读从读唱本开始

小时候，我的家住在陕西黄龙山里。

黄龙山，位于关中北部，连绵数百里。山上树木葱茏，被誉为"陕西的一叶绿色的肺"。在这样闭塞的大山里生活，读书便成了一种饥饿的渴望。

所幸父亲是个戏迷。到县城看戏来回要翻过两座大山，步行70里。对父亲来说，那只是一种奢望。

父亲的爱好并没有泯灭，他每次进城赶会，总要买回一大摞剧本，什么《铡美案》《三滴血》《玉堂春》《穆桂英挂帅》，等等，让我读给他听。

那时候我刚上小学，唱本上的不少字，我还认不全。但父亲让我读，我却不敢违抗，只好听命。遇到生僻字，我常常只认半边。父亲不识字，也不追究。那时，父亲只想知道其中的大意就行了。一年过去，我竟读了30多个剧本。剧中的情节，紧紧地抓住了我。读上一两遍，我便能完整地复述下来。特别是剧本中的唱词，那些押韵的诗，我更是爱不释手。常常连读三五遍，便能背诵下来。

莎士比亚说："书籍是全世界的营养品。"从小学三年级开始写作文，我的醉心阅读终于得到了报偿。由于阅读了大量的剧本，我罗织故事的能力很强，甚至看见一枚落叶，也能编一个完整的感人的故事。同时，我描写事物的能力也大大提高，我能把极普通的事物描写得新鲜而奇妙。渐渐地，我成了班里的小作家。

我的作文越写越好，老师常常表扬我，在作文课上诵读我的文章。有时还让我誊清，贴在教室后面的"习作园地"里，让大家读。我的语文很出色，其他课也学得不错。考完小学，我考了第一名；考初中，我考了第三名；考高中，我考了第五名。乡亲们都说："这孩子长大了，一定会有大出息。"

良好的读书习惯使我终身受益

后来，我进了省城，在《少年月刊》杂志社当了一名编辑。可小时候养成的爱读书的习惯，却一直保持着。

在省城，我有机会接触到更多的中外名著。尤其是在20世纪80年代初期，我接触到了台湾的现代派诗歌，特别是余光中、洛夫等诗人的诗歌，进入我的视野，像扑面而来的一股清新的风，使我陶醉，使我入迷。

我在自己的诗歌创作中，尝试运用现代和传统相结合的手法，创作现代儿童诗。我在儿童诗创作的道路上不断探索和创新，使我的儿童诗不断跃上新的台阶。

我一生得益于读书，读书使我终身受益。我特别欣赏著名诗人金波说过的一句话："阅读，能给孩子一个诗意的童年、书香的人生。"

在我看来，充满书香的人生是温暖的、明亮的、芳香的，仿佛大海的日出，那么壮丽，那么辉煌，那么动人。

我愿每一个孩子都有一个诗意的童年，都有一个书香的人生。

倾听自己的声音

常星儿

　　一个小男孩，表情严肃，对着一片空旷的大草甸子大声呼喊，场景滑稽好笑而又着实令人感动。谁能想到，从那时起，那个小男孩就已经走上了文学之路。

　　我说的是我自己。

　　12岁那年春天的一个早晨，我和妈妈去苦艾甸上干活。苦艾甸在我们村的东面，很大，一眼望不到边际。妈妈走在前头，我跟在后面。妈妈为人善良，也能吃苦。在当时，我们家的日子过得相对比较富裕，这与妈妈的吃苦耐劳是分不开的。走着走着，妈妈忽然站住了，对我说："星子，你看！你看看甸子！"

　　那时，太阳刚出，它立在苦艾甸的边沿，硕大浑圆，鲜红欲滴。有几棵去年冬天留下的枯蒿在红日里摇曳。空中有北归的大雁，甸子上有片灿烂的黄花在开放。不远，是妈妈开垦的田地，它黑黑的，等待耕种……我慢慢举起手，觉得有绿色的风在指间流过。

我愣愣地站在那里，以前我从没留意过生养我的这片土地。

"苦艾甸好美啊！"我不由大喊起来。

"苦——艾——甸——好——美——啊——"

回声！苦艾甸立刻飞扬起我的回声！

它像从很远的地方走来，纤细而羸弱，可它越来越洪亮，越来越有力量。而且，经过晨风和朝阳的洗浴，它是那么纯净。回声重重地击打着我的心弦。也就是从那时起，我对写作产生了兴趣，总觉得有种东西在心里涌动，不说不行。于是，我就写了一篇作文。我把这篇作文给我的语文老师看了，她非常高兴。她把那篇作文寄给了当地的报社，时间不长，它竟刊登出来了！

现在，我在写作这条道路上已走多年，为什么30多年前的那一幕还令我时时记起呢？细想起来，是因为从那时起，有一种意识开始在我心里萌动，有一种观念开始在我心里形成。

我不会忘记30年前的那一幕，更希望自己能在文学这条路上永远走下去。

写作是一项艰苦的劳动，是对真善美的发现和创造。因此，作者要有坚忍的意志和高尚的情操。

从某种意义上说，写作也是一个对自己意志的磨炼和情操的陶冶的过程。对生活有新鲜感，用善意去看待一切，这是文学对每个作者的要求。热爱生活，使作品处处闪耀亮色，我总是这样要求自己。

打动读者的，永远是作品里的情感。

让读者在我们的作品里品味美丽，体会温暖，感受善良。

引导人类向上、进取、开拓、拼搏、走向美好，永远是文学的责任和使命。文学需要技巧，但只有技巧是不够的。文学不是游戏。做一个优秀的作家，有一点至关重要，那就是对社会和生活的观察、理解和认识。

美是随处可见的，只要你用心观察。

同学们，愿你们发现她，保护她，珍视她。如果你要把自己发现的美写出来，告诉别人，让别人和你一起分享，我想，你会感到幸福的。

生活离不开文学，写作不是作家的专利。

用心观察你身边的事物，然后加以分析、思考、融入自己的思想和情感，写成文章，我想，那一定是一声纯净的呼唤。

让我们一起来听你的回声，好吗?

从百草园到三味书屋 ①

鲁　迅

　　我家的后面有一个很大的园，相传叫作百草园。现在是早已并屋子一起卖给朱文公②的子孙了，连那最末次的相见也已经隔了七八年，其中似乎确凿只有一些野草；但那时却是我的乐园。

　　不必说碧绿的菜畦，光滑的石井栏，高大的皂荚树，紫红的桑椹；也不必说鸣蝉在树叶里长吟，肥胖的黄蜂伏在菜花上，轻捷的叫天子（云雀）忽然从草间直窜向云霄里去了。单是周围的短短的泥墙根一带，就有无限趣味。油蛉在这里低唱，蟋蟀们在这里弹琴。翻开断砖来，有时会遇见蜈蚣；还有斑蝥，倘若用手指按住它的脊梁，便会拍的一声，从后窍喷出一阵烟雾。何首乌

　　① 本文以尊重作者原文为原则，尽力保持鲁迅先生作品原貌，然创作时间久远，现代汉语规范有所变化，请读者阅读时加以留意。

　　② 朱文公：朱熹。"文"是宋王朝给他的谥号。作者绍兴的老屋于1919年卖给一个姓朱的人，所以这里戏称为"卖给朱文公的子孙"。

藤和木莲藤缠络着，木莲有莲房一般的果实，何首乌有臃肿的根。有人说，何首乌根是有像人形的，吃了便可以成仙，我于是常常拔它起来，牵连不断地拔起来，也曾因此弄坏了泥墙，却从来没有见过有一块根像人样。如果不怕刺，还可以摘到覆盆子，像小珊瑚珠攒成的小球，又酸又甜，色味都比桑椹要好得远。

　　长的草里是不去的，因为相传这园里有一条很大的赤练蛇。

　　长妈妈曾经讲给我一个故事听：先前，有一个读书人住在古庙里用功，晚间，在院子里纳凉的时候，突然听到有人在叫他。答应着，四面看时，却见一个美女的脸露在墙头上，向他一笑，隐去了。他很高兴；但竟给那走来夜谈的老和尚识破了机关。说他脸上有些妖气，一定遇见"美女蛇"了；这是人首蛇身的怪物，能唤人名，倘一答应，夜间便要来吃这人的肉的。他自然吓得要死，而那老和尚却道无妨，给他一个小盒子，说只要放在枕边，便可高枕而卧。他虽然照样办，却总是睡不着，——当然睡不着的。到半夜，果然来了，沙沙沙！门外像是风雨声。他正抖作一团时，却听得豁的一声，一道金光从枕边飞出，外面便什么声音也没有了，那金光也就飞回来，敛在盒子里。后来呢？后来，老和尚说，这是飞蜈蚣，它能吸蛇的脑髓，美女蛇就被它治死了。

　　结末的教训是：所以倘有陌生的声音叫你的名字，你万不可答应他。

　　这故事很使我觉得做人之险，夏夜乘凉，往往有些担心，不敢去看墙上，而且极想得到一盒老和尚那样的飞蜈蚣。走到百草

园的草丛旁边时，也常常这样想。但直到现在，总还是没有得到，但也没有遇见过赤练蛇和美女蛇。叫我名字的陌生声音自然是常有的，然而都不是美女蛇。

　　冬天的百草园比较的无味；雪一下，可就两样了。拍雪人（将自己的全形印在雪上）和塑雪罗汉需要人们鉴赏，这是荒园，人迹罕至，所以不相宜，只好来捕鸟。薄薄的雪，是不行的；总须积雪盖了地面一两天，鸟雀们久已无处觅食的时候才好。扫开一块雪，露出地面，用一枝短棒支起一面大的竹筛来，下面撒些秕谷，棒上系一条长绳，人远远地牵着，看鸟雀下来啄食，走到竹筛底下的时候，将绳子一拉，便罩住了。但所得的是麻雀居多，也有白颊的"张飞鸟"，性子很躁，养不过夜的。

　　这是闰土 ① 的父亲所传授的方法，我却不大能用。明明见它们进去了，拉了绳，跑去一看，却什么都没有，费了半天力，捉住的不过三四只。闰土的父亲是小半天便能捕获几十只，装在叉袋里叫着撞着的。我曾经问他得失的缘由，他只静静地笑道：你太性急，来不及等它走到中间去。

　　我不知道为什么家里的人要将我送进私塾里去了，而且还是全城中称为最严厉的私塾。也许是因为拔何首乌毁了泥墙罢，也许是因为将砖头抛到间壁的梁家去了罢，也许是因为站在石井栏上跳了下来罢，……都无从知道。总而言之：我将不能常到百草

① 闰土：作者小说《故乡》中的人物。原型为章运水，绍兴道墟乡杜浦村（今属上虞县）人。他的父亲名福庆，是个农民，兼做竹匠，常在作者家做短工。

园了。Ade①，我的蟋蟀们！　Ade，我的覆盆子们和木莲们！……

出门向东，不上半里，走过一道石桥，便是我的先生的家了。从一扇黑油的竹门进去，第三间是书房。中间挂着一块匾道：三味书屋；匾下面是一幅画，画着一只很肥大的梅花鹿伏在古树下。没有孔子牌位，我们便对着那匾和鹿行礼。

第一次算是拜孔子，第二次算是拜先生。

第二次行礼时，先生便和蔼地在一旁答礼。他是一个高而瘦的老人，须发都花白了，还戴着大眼镜。我对他很恭敬，因为我早听到，他是本城中极方正，质朴，博学的人。

不知从哪里听来的，东方朔②也很渊博，他认识一种虫，名曰"怪哉"，冤气所化，用酒一浇，就消释了。我很想详细地知道这故事，但阿长是不知道的，因为她毕竟不渊博。现在得到机会了，可以问先生。

"先生，'怪哉'这虫，是怎么一回事？……"我上了生书，将要退下来的时候，赶忙问。

"不知道！"他似乎很不高兴，脸上还有怒色了。

我才知道做学生是不应该问这些事的，只要读书，因为他是渊博的宿儒，决不至于不知道，所谓不知道者，乃是不愿意说。年纪比我大的人，往往如此，我遇见过好几回了。

_____

① Ade：德语，"再见"的意思。
② 东方朔：字曼倩，平原厌次（今山东惠民）人，西汉文学家。他是汉武帝的侍臣，善讽谏，喜诙谐，旧时关于他的传说很多。《史记·滑稽列传》附传中说他"好古传书，爱经术，多所博观外家之语"。

我就只读书，正午习字，晚上对课①。先生最初这几天对我很严厉，后来却好起来了，不过给我读的书渐渐加多，对课也渐渐地加上字去，从三言到五言，终于到七言。

三味书屋后面也有一个园，虽然小，但在那里也可以爬上花坛去折蜡梅花，在地上或桂花树上寻蝉蜕。最好的工作是捉了苍蝇喂蚂蚁，静悄悄地没有声音。然而同窗们到园里的太多，太久，可就不行了，先生在书房里便大叫起来："人都到哪里去了？！"

人们便一个一个陆续走回去；一同回去，也不行的。他有一条戒尺，但是不常用，也有罚跪的规则，但也不常用，普通总不过瞪几眼，大声道：

"读书！"

于是大家放开喉咙读一阵书，真是人声鼎沸。有念"仁远乎哉我欲仁斯仁至矣"的，有念"笑人齿缺曰狗窦大开"的，有念"上九潜龙勿用"的，有念"厥土下上上错厥贡苞茅橘柚"②的……先生自己也念书。后来，我们的声音便低下去，静下去了，只有他还大声朗读着：

"铁如意，指挥倜傥，一座皆惊呢；金叵罗，颠倒淋漓噫，千杯未醉嗬……"

我疑心这是极好的文章，因为读到这里，他总是微笑起来，

---

① 对课：旧时学塾教学生练习对仗的一种功课，用虚实平仄的字相对，如"桃红"对"柳绿"之类。

② 厥土下上上错厥贡苞茅橘柚：这是学生读《尚书·禹贡》时念错的句子；原作"厥田惟下下，厥赋下上上错……厥包橘柚锡贡"。

而且将头仰起，摇着，向后面拗过去，拗过去。

先生读书入神的时候，于我们是很相宜的。有几个便用纸糊的盔甲套在指甲上做戏。我是画画儿，用一种叫作"荆川纸"的，蒙在小说的绣像①上一个个描下来，像习字时候的影写一样。读的书多起来，画的画也多起来；书没有读成，画的成绩却不少了，最成片段的是《荡寇志》和《西游记》的绣像，都有一大本。后来，因为要钱用，卖给一个有钱的同窗了。他的父亲是开锡箔店的；听说现在自己已经做了店主，而且快要升到绅士的地位了。这东西早已没有了罢。

　　　　　　　　　　　　　　　　　　　九月十八日
　　本篇最初发表于一九二六年十月十日《莽原》半月刊第一卷第十九期。

---

　　①绣像：明清以来附在通俗小说卷首的书中人物白描画像。

我们的动物朋友

　　洛波狼群有一个必须遵守的行动原则，在白天时，只要看到人类，无论距离多远，狼群都会立即撤离。同时，洛波只允许狼群吃自己刚刚捕获的猎物，这个习惯已经多次帮助狼群避开了中毒的危险。

狼王洛波

[加] 西顿　李祥　译

一

　　克伦坡位于美国新墨西哥州北部，那里是一片广袤无垠的牧区，拥有繁茂的牧草、成群的牛羊、起伏不定的山地、蜿蜒曲折的小溪。这些小溪最终都会汇入克伦坡河，整个牧区也正是以这条河来命名的。然而，在这方土地上最声名显赫的生物却是一匹年迈的灰狼。

　　老洛波是狼群的首领，在牧人与牧场的工人中声名远扬，墨西哥人都习惯称它为狼王。这群野狼多年来始终是克伦坡河谷居民的心腹之患。无论老洛波率领狼群出现在哪里，那里的牛羊无不心惊胆战，牛羊的主人除了愤怒与绝望之外也别无他法。老洛波身材极为魁梧，而且很是狡诈强悍，在狼群中颇具王者风范。它在夜晚的嗥叫声也极为独特，人们非常容易就能分辨出远方传来的狼嗥，是老洛波还是其手下在对天长啸。假如是一匹普通的狼，就算是在离牧人的露营地不远处嗥上半夜，也不会引起太多关注。可是，假如从山谷深处传来了老狼王的独特嗥叫声，守夜人就会立刻变得提心吊胆、坐立不安。他们知道，等到天亮时，必定又有牲口葬身狼腹。

有一点我始终不是很明白，老洛波尽管地位显赫、权倾河谷，但它率领的狼群数量并不庞大。通常来说，像它这样的首领总是能够吸引为数众多的追随者。或许它自己不想要太多随从吧，也有可能是它那过于残暴的脾气，阻碍了狼群的进一步壮大，在老洛波掌权的后期，它的确只有五个下属。然而，这五匹狼个个不是等闲之辈，它们全都体形硕大，特别是狼群的副首领，的确是个庞然大物。即便如此，无论是在身材上，还是从勇猛劲儿上来看，它跟老洛波相比还是有着明显差距的。除了这两个首领之外，狼群里还有几匹狼也极为出色。其中有一匹非常漂亮的白狼，墨西哥人称其为布兰卡——她应当是一匹母狼，而且很可能跟老洛波是夫妻。另外还有一匹身手极为敏捷的黄狼，传说它曾多次成功捕获过羚羊。

克伦坡的牧人们对这些狼实在是太熟悉了。牧人们时常能看到它们，听到它们的嗥叫更是习以为常。狼群的生活已经与牧人们的生活紧密地联系在一起了，不过牧人们都恨不能早日杀光这

群家伙。这里的每一个牧人都愿意以几头牛的代价，来换取洛波狼群当中任何一匹狼的脑袋。可是，这群狼仿佛有魔法护身似的，所有用来捕杀它们的方法最终都以失败告终。它们对任何猎人都抱以鄙视的态度，对那些毒饵更是不屑一顾。至少在五年的时间当中，它们都始终享用着从克伦坡牧人那里捕猎到的牲口。根据很多人的说法，它们的胃口已经大到了每天都要吃掉一头牛的程度。照这样估算的话，狼群至少已经杀掉两千头最肥美的牛羊了。这里的人都非常清楚，它们每次行动都懂得拣最好的牲口下手。

从前人们认为狼在绝大多数时间里都是食不果腹的，所以总是饥不择食。对于这群狼来说，却完全没有这种情况。这群健壮的掠食者永远是温饱无忧的，事实上它们吃起东西来还格外挑剔呢。它们从来都不碰因为自然原因而死亡的动物，对于病恹恹的猎物或是腐肉更是不屑一顾，就连牧人们已经宰杀好的东西也绝不会沾染。它们喜欢的是刚猎杀的一周岁左右的小母牛，而且只吃肉质最嫩的部分，这就是它们的日常食谱。它们从来瞧不上那些老公牛与老母牛，尽管偶尔也会捕杀一只小牛犊或小马驹，但很显然它们对牛犊肉和马肉并不喜欢。人们还知道它们不喜欢吃羊肉，尽管它们也时常猎杀绵羊，但那纯粹只是为了娱乐。1893年11月的一个夜晚，布兰卡与那匹黄狼总共杀死了二百五十只绵羊，但这两个家伙却连一口羊肉都没有吃，看来它们只是为了好玩儿才那么干的。

要讲述这群恶狼的恶劣行径，还有无数的故事可讲呢，此前提到的不过是冰山一角。为了消灭洛波狼群，人们每年都尝试无数种新方法，但它们好像并没有受到什么影响，依然过得非常滋润，而且还越来越健壮了。有人重金悬赏洛波的项上狼头，于是就有人想出了二十种非常巧妙的方式来投放毒药，可是全被精明的洛波识破并避开了。洛波只害怕一样东西——枪。它非常清楚这里的每个人都会携带枪，所以它从来不会袭击人类，而且也不跟任何人近距离接触。事实上，洛波狼群有一个必须遵守的行动原则，即在白天时，只要看到人类，无论距离多远，狼群都会立即撤离。同时，洛波只允许狼群吃自己刚刚捕获的猎物，这个习惯已经多次帮助狼群避开了中毒的危险。洛波还是一个分辨毒药气味的高手，这种敏锐的嗅觉更彻底地确保了狼群不受人类的威胁。

　　有一次，有一个牧人听见了老洛波发出的召集狼群的嗥叫声，他对这种叫声实在是太熟悉了，于是他偷偷地朝那个方向前进。他发现这群狼正在一块洼地当中围攻一群小牛。洛波坐在一旁的山坡上，盯着自己的属下与牛群搏斗，布兰卡与其余的狼正拼命向它们所挑中的一头小母牛发动进攻。但是牛群已经摆出了阵势，所有牛都头朝外，围成了一个圆圈，紧紧地靠在一起，只有一排牛角冲着敌人，这种防御方法可以说是牢不可破的。然而，有几头牛被狼群的不断冲击给吓怕了，试图退回到牛群的中间去。对狼群来说，这无疑是天赐良机，这个空子它们是绝不会放过的。可怜的小母牛已经受伤了，可它显然还没有失去顽抗的能力。此时洛波显然已经等得不耐烦了，它冲下山坡，发出了一声怒嗥，向牛群猛扑过去。洛波的出现瞬间彻底打乱了牛群的阵脚，洛波纵身一跃就跳到了牛群当中。这下子，牛群马上炸了窝，开始没命地四下逃窜。那头受伤的小母牛也开始拼命奔跑，但还没跑出二十五码，就被纵身跃起的洛波给抓住了。它用力按住小母牛的脖子，然后用尽全力朝后面猛地一拉，可怜的小母牛被重重地摔在地上，四脚朝天。也许是用力过猛，洛波自己也翻了个跟头，但是它很快就站了起来，它的手下纷纷扑向那头小母牛，几秒钟工夫就将它杀死了。洛波自己并没有参与屠杀工作，在击倒小母牛以后，它似乎在说："瞧，你们怎么就没有能力把这事儿给办好呢，白白浪费了这么多时间！"

观战的牧人突然心生一计，他鸣枪示警，并骑马冲了出去，一边冲一边大声叫喊，于是狼群像平时一样撤退了。牧人飞快地取出随身携带的一瓶马钱子碱（毒药），在已经气绝身亡的小母牛身上的几个部位上下了毒，然后就骑马离开了。他知道这群家伙过一会儿是一定要回来享用美餐的，因为这是它们自己猎杀的小母牛。第二天早上，牧人满心欢喜地再次来到那片洼地，他本以为能够看到中毒身亡的多匹恶狼，可现场的情景令他大失所望。没错，狼群确实曾经回来享用美食，不过所有被下毒的地方都被小心翼翼地撕了下来，扔到了一边，没有狼吃过中毒的部分。对洛波心怀恐惧的牧人数量越来越庞大，他们为老狼王的脑袋所开出的赏金也随之水涨船高，后来居然达到了一千美元。这可是一个空前的赏金，即便是悬赏捉拿最危险的通缉犯，也很少能达到这样的金额呢。得克萨斯有一个名叫坦纳瑞的牧人被这笔赏金深深吸引，于是有一天他骑马来到了克伦坡峡谷。他带着一套猎狼的顶级装备：最好的枪、最快的马与一大群身材魁梧、最勇猛好斗的狼狗。在得克萨斯的潘汉德尔平原上，他曾带领这群狼狗捕

杀过为数众多的恶狼。这一次，他依旧信心百倍，他坚信在几天后，老洛波的脑袋就会挂在他的马鞍上了。

在一个夏日的早晨，天刚蒙蒙亮，坦纳瑞就雄赳赳、气昂昂地踏上了猎狼征程。没过多久，他带领的大狼狗们就发出了兴奋的叫声，显然它们已经靠灵敏的嗅觉发现了狼群的踪迹。又走了不到两千米，他就看到了克伦坡的狼群。于是，一场激烈而紧张的猎杀行动精彩上演了。狼狗的任务是将狼群逼入到绝境中，不让狼群有乘隙逃窜的机会，这样猎人就可以驱马冲上去，将它们射杀。在得克萨斯空旷的平原上，这种战术堪称屡试不爽；可在这里，新的地形彻底打乱了坦纳瑞的战术部署，这也说明了洛波在选择自己的活动区域时，是多么富有远见卓识。遍布岩石的克伦坡溪谷与众多的支流将大草原分割成很多块区域。老狼王飞快地奔向了离它们最近的支流，矫健地涉水过河，轻易就摆脱了猎人。此时，狼群不再聚集在一起，而是四散开来，因此在后狂追的猎狗也随之分散追击。狼群又跑了一段路程，随后就再次聚集到了一起。可是，在后面紧追的狼狗却没能及时聚集在一起。这样一来，狼群在数量上就占据了优势，它们马上掉过头来，向狼狗发起了袭击。经过一番搏杀后，狼狗们非死即伤，一败涂地。当晚，坦纳瑞清点残余的狼狗数量，发现只有六只返回，而且其中两只还身负重伤。后来，坦纳瑞又对狼群发起了两次袭击，但结果都一败涂地。在最后一次捕猎当中，他最喜爱的那匹骏马也不幸摔死。这下坦纳瑞只好放弃了自己的计划，无奈返回得克萨斯去了。克伦坡仍旧是老洛波的天下，它的狼群依旧在这片土地上肆意妄为、横行霸道。第二年，又有两位经验丰富的猎人出现了，看他们的样子都对那笔诱人的奖金志在必得，也都深信自己可以消灭这匹声名显赫的老狼。第一个人采用了一种新型毒药，下毒的方式也与以往截然不同；另一位则是法裔加拿大人，他坚信洛波其实是一个成精的狼人，用普通的方法根本无法消灭它，所以除了下毒之外，他还画上了几道符，念了一些咒语。可是，结果证明，无论是精心配制的新型毒药，还是符咒，都毫无用处。洛波依然过着啸聚山林、恣意捕杀家畜的惬意生活。几周后，那两个优秀的猎人绝望地放弃了原来的计划，到别处打猎去了。

1893 年春天，在再次捕捉洛波归于失败之后，乔·卡隆又遇上了一桩极为丢脸的事情，这件事似乎说明老狼王从来不曾把它的对手放在眼里，而且对自己有着绝对的信心。卡隆的农场位于克伦坡的一条小河旁边，那里有一个风景秀美的山谷。那个春天，老洛波两口子就在这个峡谷当中安家了，它们的爱巢距离卡隆的农场居然近在咫尺，它们在那儿居住了整整一个夏天，乔家的牛羊与猎狗不断被它们掠杀。它们怡然自得地安居于岩壁深处的幽谷当中，对于乔投放的各种毒药与捕狼机全部嗤之以鼻。为了对付洛波这一家子，乔可谓绞尽脑汁，甚至动用了炸药，可每次它们都能毫发无损地脱身而去，随后继续进行那些肆意掠夺破坏的勾当。"去年的整个夏天，它们一直都住在那儿，"乔说，"我对它彻底束手无策。在它面前，我简直就是一个大傻瓜。"

二

以上的故事都是从牧人们那里打听来的，起初我还不是很相信，觉得狼再厉害，也不过是狼，不会有如此精明的头脑。1893年秋天，我终于亲眼看见了这个狡猾的掠食者，到了后来，我对这头灰狼的了解已经超越了这里的任何人。几年前，我曾当过猎狼人，不过后来换了一份工作，就成了坐办公室的人了。正当我闷闷不乐，打算再度变换环境时，一个在克伦坡开牧场的朋友找到我，问我是否愿意去新墨西哥州走一趟，看看能否找到对付这帮强盗的好办法。我欣然接受了这一邀请。因为迫切地想要见识一下这位狼群头目，我以最快速度赶到了克伦坡峡谷。我骑着马在周围转悠了一会儿，以便了解一下当地的地理环境。我的向导时常会指着一堆还残留有一些皮肉的牛骨头，说："瞧，那就是它的杰作。"

眼望着这地势崎岖不平的峡谷，我已经非常清楚，不可能依靠猎狗与马匹来追捕洛波。看来只有毒药和捕狼机可能有收获。由于刚到克伦坡，我们还没有装备足够大的捕狼机，于是我就先用毒药来开始尝试了。

为了给这个成精的家伙下套，我尝试了不少于一百种方法，具体的细节我想已经没必要详细描述了，马钱子碱、砒霜、氰化物、氢氰酸等一切能想到的毒药，我全都尝试过了；凡是可以用作诱饵的肉类，我也都试验过了。

每一个清晨，我都会满怀希望地去查看自己下毒的地方，可每次都最终失望而归。对于我来说，这头老狼王实在是太过狡猾了，毫无疑问，我的全部努力都是白费力气。用一个例子就可以说明它到底有多么睿智，多么机警。一次，我尝试了一个从老猎人那里学来的把戏。将一些奶酪与刚被宰杀的小母牛的肥腰子搅拌在一起，然后用一个瓷盘将它炖熟，最后用骨质的刀子把其切开，以避免留下金属的气味。等炖好的腰子和奶酪冷却后，我将腰子切成了块，然后在其中的一面上挖出一个洞，塞进一大撮马钱子碱与氰化物的混合物，剧毒无比，这些毒药被放在一个任何气味都不可能透过的胶管里，以免狼闻到可疑的气味。最后，我用奶酪把所有洞口全部封死。在整个过程中，我戴上了厚厚的口罩，以免自己的气息残留在肉上，引起对方警觉。我的手上始终戴着一副在热气腾腾的小母牛血当中充分浸泡过的手套，都是为了避免残留人的气息，引起对方警觉。我自认自己的计划天衣无缝，万无一失。一切准备妥当之后，我把它们装进一个抹满了牛血的生皮口袋当中。我在一根绳子上面拴上牛肝与牛腰子，骑着马一路拖着，绕了一个长达十英里的大圈，每间隔四分之一英里，我就会扔下一块肉当作诱饵。一路上我都极度小心翼翼，绝对不让自己的手碰到任何一块肉。

通常来说，洛波总会在每个星期的前几天来到这一片区域活动，后面的几天应该是在自己的大本营度过的。今天是星期一，当天晚上，就在我们即将睡着的时候，我就听到了狼王那独有的低沉嗥叫。我们中间的一个小伙子随口说："等着瞧吧，一定是它来了。"

第二天一早，我就出发了，急切地想要获知这次投毒的效果。很快我就找到了这帮强盗所留下的脚印，领头的正是洛波——它的脚印总是最容易辨认的。普通的狼的前脚也就是四英寸半长，大一点儿的也超不过五英寸，可洛波的前脚从爪尖到脚跟竟然足有五英寸半长，这可是牧人们经过多次测量后，得到的最准确数据。后来我发现它的身体也极为魁梧，身高足有三英尺，体重达到一百五十磅。它的脚印尽管被其他的狼踩过了，但依旧很容易就被辨认出来。这群家伙很快就发现了我拖着牛肝与牛腰子所行走的路线，并且像往常一样，沿着这条路线一直走了下去。从现场的情况来看，洛波确实发现了第一个肉饵，而且还嗅了好久，但最终还是将它叼走了。

这时候我再也无法抑制兴奋的心情。"我终于要逮住它了，"我大喊道，"不出一英里，我一定可以找到它的尸体。"我快马加鞭，向前飞奔，满怀期望地紧盯着尘土上浮现的宽大脚印。随后我发现第二个肉饵也消失了。我简直是欣喜若狂了——我这次铁定会逮到它了，说不定还能多逮几头呢。可是，我站在马镫上极目远眺，洛波的大脚印依旧在向远方延伸，前方的原野上根本看不到有任何像死狼的东西。我只能继续向前赶。好吧，第三个肉饵也不见了，我继续跟随狼王的脚印，我在第四个肉饵那里发觉了真相：它只是把这些肉块衔在嘴里，根本没吃进去。很显然，它想让我知道自己的计谋根本无法骗过它，因为它不但能把前面的三个肉饵都堆放在了第四个肉饵上，而且还在四周撒了一些脏东西。做完这一切后，它就带着狼群离开了我预设的路线，逍遥地继续过自己的生活了。

我后来有过很多相似的经历，这只是其中的一个经典例子。这些经历让我明白，依靠毒药根本不可能消灭这个狡诈的强盗。不过，在等待捕狼机运送过来的日子里，我依然在继续使用毒药，毕竟对于草原上的其他狼和有害动物而言，毒药依旧是一种非常可靠的捕杀方式。

就在这段时间当中，我目睹了一件事，更加说明了洛波是一个多么残暴、奸诈的强盗头子。这群狼尽管很少吃羊，但仍旧会吓唬、杀死它们，它们这么干纯粹是为了找乐子。绵羊通常都是一千只到三千只聚集在一起进行放养，每个羊群都有一个或数个牧羊人进行看管。到了晚上，它们会被集中到最为隐蔽的地方进行圈养，为了加强防护措施，羊群的每一侧都会有一个牧羊人看守。

绵羊是一种头脑很不灵活的动物，任何一点细微的动静都能把它们吓得四处逃窜。绵羊还有一种根深蒂固的本性，就是盲目跟随首领，这或许是它们的优点，但同时也是极为致命的缺点。牧人们巧妙利用了它们的本性，它们会在绵羊群当中放六只山羊。当夜晚出现紧急情况时，傻傻的绵羊会紧紧地聚集在这几只山羊身边，因为山羊看起来显然更为聪明一些。这样一来，羊群就不会被吓得四处逃散，从而更容易得到牧羊人的保护。但事情并非总是如此。去年十一月的一个夜晚，两个佩里克牧羊人被狼群的突袭所惊醒，他们的羊群在几只山羊的四周挤成一团。这些山羊胆子很大，也很聪明，它们稳稳地站在那里，这样绵羊也可以安定下来。但是，天啊，这次袭击的发起者可不是普通的狼啊，那是老狼王洛波！和牧人一样，洛波相当清楚那几只山羊的重要作用，于是它迅猛地从挤成一团的绵羊的背上冲过去，直扑领头的几只山羊，然后干脆利落地杀掉了全部的山羊。很快，丧失了主心骨的倒霉羊群就开始四散奔逃了。

在接下来的几周里，几乎每天都会有焦躁不安的牧羊人跑来询问我："这几天你曾经看到过离群的绵羊吗？"我通常都会被迫回答说见过。有一天我是这样说的："是的，我在钻石泉那边曾见到过五六只死羊。"还有一次，我回答见到一小群绵羊正在马尔佩山顶上胡乱跑呢。有时，我也会回答说："没有，不过在两天前，琼·美拉在凯得拉·蒙特确实看到过二十多只刚被杀掉的绵羊。"

最后，捕狼机终于在我的期盼中运到了，为了能将它们布置妥当，我和另外两个人整整忙碌了一周的时间。我们这次可是拼尽全力了，所有能够想到的办法，我全都用上了。捕狼机布置好后的第二天，我骑马到外面巡查了一番。很快就发现洛波在此之前早已在捕狼机周围转悠了一圈。从它在尘土中留下的脚印，我就能判断出它那天晚上都干了什么。它和狼群是在漆黑的夜晚溜出来活动的，尽管捕狼机都被隐藏得非常隐秘，但第一架还是很快就被它发觉了。它马上命令狼群停止前进，然后极为小心地扒开捕狼机周围的尘土，直到整个捕狼机、链条以及木桩全部被暴露无遗，不过所有的弹簧还依旧被绷得紧紧的。搞定第一个捕狼机之后，它率领狼群继续前进，又如法炮制，解决了其他的十二架捕狼机。很快我就发现，一旦发现有丝毫可疑的痕迹，它都会马上停下脚步，然后绕道从旁边经过。这让我想到了一个智取狼王的好计策。我把捕狼机布置成 H 形，也就是说，在道路的两侧分别放置一排捕狼机，然后在路的正中间再放置一架，类似于字母"H"中间的那一横一样。可是过不了多久，我就发现自己的所谓锦囊妙计又失败了。洛波确实沿着这条路走来了，而且在发现路中间的那架捕狼机之前，确实已经走入了我事先设好的"雷区"。可令我无比郁闷的是，这家伙竟然及时停住了脚步，我不知道它到底是怎么做到这一点的，或许真的有什么野兽的守护神在暗中护佑它。洛波没有向左右任何一侧偏移哪怕一英寸，它小心翼翼地沿着自己走过的步子逐渐退了回来，而且每一步都丝毫不差地踩在之前的脚印上，这是最安全的方法，直到彻底离开了这个危险区域。随后，它走到路边，用后脚不断刨着土块儿与石头，结果将所有捕狼机的弹簧都给触发了。类似的情况后来又出现过多次，尽管我不断改变着方法，而且变得更加小心，但我的计谋始终无法蒙蔽它的双眼——这家伙实在是聪明到了极点，看起来永远也不会犯错。要不是后来那个倒霉的盟友害惨了它，说不定直到今天，它还能够过着逍遥的掠杀生活呢——与很多智勇双全的枭雄一样，洛波最终也由于亲信盟友的鲁莽，意外葬送了自己的性命。

三

有那么几次，我发现了些许蛛丝马迹，让我认为克伦坡狼群当中有些事情确实不太对劲儿。我在想，这种情况显得很不正常。举例来说，从狼群留下的脚印当中，可以清楚地分析出来，偶尔会有一头个头较小的狼跑到狼王前面。这让我感到极度地困惑不解，直到有个牧人对我说了如下的这番话，我才算搞清楚到底发生了怎样的一回事儿。

"我今天看到它们了，"牧人说，"离开狼群四处乱跑的是布兰卡。"这下我心底的谜团彻底解开了。我接续着牧人的话说："在我看来，布兰卡必定是一匹母狼。如果哪匹公狼居然胆敢擅自行动，洛波肯定早就杀掉它了。"这时，一个新的主意浮现在我的脑海里。我杀掉了一头小母牛，在尸体周围很显眼的地方摆设了两架捕狼机，然后将牛头砍下，放到稍远一点儿的位置。牛头被认为是没有丝毫价值的废物，根本不会引起狼的注意。在牛头的四周，我又精心布置了六架极为结实的钢质捕狼机，彻底消除那上面的金属气味，然后极为小心地将它们隐藏好。在整个过程当中，我在双手、皮靴及各种工具上都涂抹了最新鲜的牛血，事后还在地上洒了一些新鲜牛血，让它们看起来似乎是从牛头当中淌出来的一样。我极为小心地将捕狼机用土埋好以后，我用土狼皮将整个地方进行了彻底打扫，然后又在捕狼机上伪造了很多土狼脚印。牛头与四周的草丛之间，留出了一条很狭窄的通道，我在这个通道四周，又埋上两架最好的捕狼机，而且把它们与牛头拴在一起。

狼有个特殊的习惯，只要一闻到尸体的气味，就算不想吃，它们也要凑到跟前去嗅一嗅。我希望能抓住它们的这个习惯，把克伦坡狼群引入到我新设的圈套当中。洛波一定会发现我在牛肉上所动的手脚，对此我没有丝毫怀疑。不过，我的确对那个牛头周围的陷阱寄予厚望，因为它看起来的确非常像被随意扔在一边的杂物。

第二天早晨，我急匆匆出门去查看那些捕狼机是否已经有了战果，哇，太棒了！我非常兴奋地发现那里布满狼的脚印。可随后我就发现，原本摆放牛头与捕狼机的地方已经没有了牛头，捕狼机上面有新的血迹，这是怎么一回事儿呢？我急忙研究了一下现场的脚印痕迹，发现洛波确实没有让狼群靠近那个肉饵，但是一只个头稍小的狼却擅自跑过去察看丢在一边的牛头，结果踩中了其中的一架捕狼机。

我们沿着脚印向前追了不到一千米，就发现了那个倒霉的家伙——没错，那确实是布兰卡。当时她还在使劲儿朝前跑，尽管拖着一个重达五十多磅的牛头，但还是很快就将我旁边步行的人甩到了后面。可还是快不过这些骑马的人，我们终于追上她了。布兰卡是我见过的最漂亮的一头狼，她浑身的毛几乎都是白色，看起来油光雪亮。

她转过身来与我们进行放手一搏，同时发出了一声震彻山谷的嗥叫，我想她是在拼命召唤同伴吧。随后，我听到洛波作为回应的深沉嗥叫，从很远处传来。此时，我们已经逼近到了她身边，她也鼓起全身的力气，进行最后一搏。

接下来血腥的一幕发生了。事后回想起来，我还感到挺害怕的。我们每个人都朝这个倒霉的家伙头上套上了一根绳索，然后用马往相反的方向以极大的力道拉扯。我能看到布兰卡的嘴里立即喷出了大量鲜血，眼珠翻白，四腿变得僵硬，最后无力地倒在地上。我们带着布兰卡的尸体开始往家走，当时心里感到无比的兴奋，克伦坡的狼群终于遭受了一次致命打击。

在我们回家的路上，我多次听到洛波那低沉的哀号。当时它一定正在远处的山地上不断走动，似乎是在寻找布兰卡。它从来没有遗弃过布兰卡，但看到我们出现时，它就知道自己无法营救布兰卡。它清楚我们这群人都有枪，而它从骨子里对枪畏惧到了极点。那一天，洛波的哀号始终没有停止，最后我对一个牧人说："现在看来，它跟布兰卡的确是一对儿。"

到了傍晚时分，洛波似乎朝山谷这边赶来了，因为它的叫声变得越来越清晰，而且其中很明显带着悲怆的音调。它不再像过去那样，毫无顾忌地嗥叫，而是发出了一种悠长的、痛苦的哀号，似乎是在深情呼唤："布兰卡！布兰卡！"当夜幕降临时，我注意到它应当距离我们杀掉布兰卡的地方不远了。后来，它应该是察觉了一些痕迹，并最终找到了那个心碎之地。当时它所发出的凄惨哀号，简直让人肝胆寸裂，我事先根本无法预想布兰卡的离去，会让狼王洛波这样心碎，就连素来对狼最铁石心肠的牧人也有点儿被它感动了，他们说："从来没听见哪匹狼会像这样哀号过。"看来它已经非常清楚究竟发生了什么，因为布兰卡死去的地方早已遍布血迹。

后来，它就追寻着马蹄印来到农场的屋子前面。我不知道它是想找到布兰卡，还是为了前来报仇雪恨，不过结果却是它狠狠地出了一口恶气。就在距离屋门不足五十码的地方，它将运气不佳的看门狗咬得稀巴烂。很显然这次它是独自前来的，因为我在第二天早晨，只发现了它自己的脚印。离开时，它根本没有去在意路上有什么，这可是非常罕见的事情。事实上我也大概猜测到了这一点，所以事先在牧场四周安放了一些捕狼机。后来，我发现它的确踩中了其中的一架，不过由于它的力量大到惊人，所以不久还是挣脱了夹子，将捕狼机扔到了一边。

我相信它还会继续在这周围活动，看样子如果不找到布兰卡的尸体，它是绝不会罢休的。现在它心里只有布兰卡，将对任何危险的担忧都抛在了脑后，这可是抓住它的绝好机会，于是，我把全部的精力都集中到了这件事上面。在它离开这片地区以前，我必须将它擒获。随后我就意识到我们应当活捉布兰卡，而不是杀死它，我们犯下了天大的错误，如果我把布兰卡当作诱饵，很可能在第二天晚上就能将老狼王捉住了。

我搜集了一百三十多架坚固的钢质捕狼机，并将它们分成四组，安放在通向峡谷的每一条线路上。每架捕狼机都单独拴到一根木桩上面，每一根木桩都进行了精心的掩埋：首先小心地将地表的草皮转移，将挖出来的全部泥土都放在毯子中，等做好手脚后，我会再将泥土和草皮放回去，这样就不会留下被人动过的蛛丝马迹了。等到将捕狼机隐藏好之后，我拖着可怜的布兰卡的尸体在所有地点都走了一遍，还围着牧场走了一圈，最后我割掉了它的一只爪子，在途经每一架捕狼机的路线上，都留下了一些脚印。我把自己知道的全部措施与方法都用上了，接下来就是静候最终结果了。这一天，我一直折腾到深夜才睡着。

夜里，我有一次似乎听见了洛波的叫声，不过仍旧不是很确定。第二天，我骑马外出巡视，但在转完山谷北面的线路之前，天就已经黑了，所以并没有发现任何异常。晚饭时，有个牧人说："今天早上，山谷北部的牛群闹得非常凶，那里的捕狼机也许逮到什么东西了。"我在第三天的下午才来到了牧人说的那个地方。走近一些之后，我就看见一个身材魁梧的灰影挣扎着从地面站了起来，想要逃走。仔细一瞧，站在我面前的正是克伦坡狼王洛波，它已经被捕狼机牢牢地夹住，动弹不得。可怜的老洛波，它从来都没有停止寻觅亲密伴侣的脚步。当发现用布兰卡的身体遗留下来的痕迹时，它就不顾一切跟了过来，落入了我为它精心设下的圈套。它被四架捕狼机牢牢地夹住了，没有任何挣扎的余地。在它的周围布满了凌乱的牛蹄印，牛群当时肯定正包围在它的身边，试图羞辱一番这匹曾经不可一世的老狼，但它们谁都不敢靠得太近，生怕被洛波的反击杀掉。它在这里已经躺了两天两夜，现在几乎连挣扎的力气也失去了。

可是，当我靠近它时，它还是勉强爬了起来，而且全身的毛都竖起来了，随后它就放开嗓子发出响彻山谷的最后一声嗥叫。它这是在召集狼群，寻求最后的帮助，可是并没有得到任何狼的回应，它那形只影单的样子甚是凄惨。老狼王拼尽最后的力气，试图向我发动最后的攻击。事实上它必然是白费力气，要知道每架捕狼机的重量都超过三百磅，四架冷血机器的钢齿将它的每只脚都牢牢卡住，那些笨重的木桩与链条全都缠在一起，让它根本不可能发力。当我试图用枪管去触碰它时，它马上用尖利的獠牙在上面狠狠地咬了一口，残留在上面的牙印至今犹存，不难想象它肯定曾歇斯底里地撕咬过那些无情的链条。它的眼睛闪着幽幽的绿光，充满了仇恨，尽管身陷绝境，但它依旧张牙舞爪，试图袭击我与我胯下已被吓得瑟瑟发抖的马。然而，饥饿、挣扎以及大量失血，早已耗尽了它的全部气力，所以很快它就无助地瘫倒在地了。这个劣迹斑斑的恶棍，它这些年来给克伦坡的牧人们造成了多么巨大的损失啊！可当我准备让它血债血偿的那一刻，却似乎突然有了一种良心遭受谴责的感觉。"你这个十恶不赦、恶贯满盈的老家伙，几分钟之后，你就什么也不是了，不过是一堆烂肉。我是不会放过你的！"说完后，我使劲儿朝它的脑袋扔出了一根绳索。尽管狼王已经虚弱到了极点，但事情远没有想象的那么简单，要让老狼王束手就擒还太早了。还没等套索落在它的脖子上，老狼王就把它咬住了，然后用那锋利的牙齿使劲儿一咬，又粗又硬的套索马上变成了两段。

　　当然了，在万般无奈之下，我还可以用枪，但我并不希望糟蹋克伦坡之王那张无比宝贵的狼皮，于是我回到营地，拿上一根

新的套索，同时找了一个牧人过来帮忙。这次我们先扔过去一根木棍，老狼王很麻利地把它咬住，在它还没来得及吐出木棍时，我们飞快地扔出了新的套索，牢牢套住了它的脖子。

我马上喊："等一下，先别杀掉它。咱们要将它活捉回牧场。"老狼王如今已经没有一点儿力气了，我们没费多大劲儿，就将一根结实的木棍塞到了它的嘴里，牢牢地卡在了它的牙齿后面，然后用一根非常粗的绳子绑住其爪子，再将绳子系到那根棍子上面。这样一来它就根本不可能伤人了，因为绳子和木棍能够彼此牵制，无论它怎样移动，都只会把绳子与棍子拉得更紧。察觉到自己的利爪被绑住后，老狼王就彻底放弃了毫无用处的抵抗，而且再也不吭声了。它只是静静地盯着我们，那种样子好像是在说："好吧，你们终于抓到我了，想怎样处置我就干吧。"从那一刻起，它就再也不理会我们了。我们把它的脚捆得死死的，它始终没有呻吟，也没有嗥叫，甚至纹丝不动。我们两个人费了好大的劲儿才将它抬到马背上。它的呼吸开始变得很均匀，好像已经进入了梦乡一般，但它的眼睛却始终睁得大大的，清澈而明亮。它并不是在望着我们，而是怔怔地凝望着远处那片起伏不平的山地，那里曾经是属于它的王国啊！它那声名显赫的狼群，如今已不复存在了。我们渐渐走入了山谷，高耸的岩石无情地阻断了老狼王那无比专注的视线。我们一路都走得很缓慢。安全返回牧场后，我们给它戴上一个项圈，用一根极粗的铁链子将它拴在一根极粗的木桩上，然后才将捆绑它的绳子给解开。

随后我仔细打量了一番这头老狼王，这可是我首次近距离观察它。看来那些关于这位在世枭雄的传言根本就是无稽之谈，它的脖子上并没有什么黄金项圈，肩膀上也没有象征它已经与魔鬼撒旦结盟的逆十字。不过，在它的一条后腿上，我确实发现了一块巨大的伤疤，据说这是坦纳瑞带领的狼狗首领朱诺留下的伤痕。朱诺曾与老狼王有过一场惨烈的恶战，最后朱诺在山谷的沙地上被杀死了。

我把肉和水放到它面前，可它根本不屑一顾。它就这样静静地趴在地上，睁着那双无比坚定的黄色眼睛，穿过峡谷入口，凝视着远处的旷野，那可是它曾肆意狂欢的最佳乐园啊！我碰了它几下，可它没有动弹。太阳落山时，它依旧凝视着那片原野。我原以为它在夜里会再次召唤部下，所以也做了一些防备工作。但显然它已经不再打算发出任何召唤了，在它走投无路时，它曾召唤过一次，但它的部下没有现身，从那以后，它就彻底放弃了这个念头。据说丧失力量的狮子、被剥夺自由的苍鹰，还有失去伴侣的鸽子都会心碎而死。老狼王受到的可是三重打击啊，谁又能说这只残忍的恶狼就不会心碎呢？这一点，或许只有我可以体会这其中的真意了。第二天清晨，天刚蒙蒙亮，我发现老狼王仍旧无比平静地躺在原地，但再也无法醒来了。它的身体尽管没受致命伤，但它的灵魂却已出壳——老狼王洛波在屈辱与平静中辞世了。

我将它脖子上的链条取下，一个牧人帮我将它抬到放置布兰卡尸体的小屋中。我们把它们俩放在一起，牧人大声说："好了，你不是在苦苦寻找她吗，现在你们又可以团聚了。"

蝉和蚂蚁的错案

[法]法布尔　夏洛　译

　　我们大多数人对于蝉的歌声，一般是不大熟悉的，因为它是住在生有洋橄榄树的地方，但是凡读过拉·封丹的寓言的人，大概都记得蝉曾受过蚂蚁的嘲笑吧。虽然拉·封丹并不是谈到这个故事的第一人。

　　故事是这样的：整个夏天，蝉不做一点事情，只是终日唱歌，而蚂蚁则忙于储藏食物。冬天来了，蝉被饥饿所驱，只有跑到它的邻居那里借一些粮食，结果他遭到了难堪的待遇。

　　骄傲的蚂蚁问道："夏天的时候你为什么不收集一点儿食物呢？"蝉回答道："夏天我歌唱太忙了。"

　　"你唱歌吗？"蚂蚁不客气地回答，"好啊，那么你现在可以跳舞了。"然后蚂蚁转身离开了。

　　但这个寓言中的昆虫，并不一定就是蝉，拉·封丹所想的恐怕是螽斯，而英国常常把螽斯译为蝉。

就是在我们村庄里，也没有一个人，会如此没常识地想象冬天会有蝉的存在。差不多每个耕地的人，都熟悉这种昆虫的蛴螬，天气渐冷的时候，他们堆起洋橄榄树根的泥土，随时可以挖出这些蛴螬。至少有十次以上，他们见过这种蛴螬从土穴里爬出，紧紧握住树枝，背上裂开，脱去它的皮，变成一只蝉。

这个寓言是造谣，蝉并不是乞丐，虽然它需要邻里间相互照应。每到夏天，它成阵地来到我的门外唱歌，在两棵高大筱悬木的绿荫中，从日出到日落，那粗鲁的歌声吵得我头脑昏昏。这种震耳欲聋的合奏，这种无休无止的聒噪，使人任何思想都想不出来了。

有的时候，蝉与蚂蚁也确实打一些交道，但是它们与前面寓言中所说的刚刚相反。蝉并不靠别人生活。它从不到蚂蚁门前去求食，反倒是蚂蚁为饥饿所驱乞求哀恳这位歌唱家。我不是说哀恳吗？这句话，还不确切，它是厚着脸皮去抢劫的。

七月时节，当我们这里的昆虫，为口渴所苦，失望地在已经枯萎的花上跑来跑去寻找饮料时，蝉则依然很舒服，不觉得痛苦。它用突出的嘴——一个精巧的吸管，尖利如锥子，收藏在胸部——刺穿饮之不竭的圆桶。它坐在树的枝头，不停地歌唱，只要钻通柔滑的树皮，里面有的是汁液，吸管插进桶孔，它就可喝个饱了。

如果多观察一会儿，我们也许就可以看到它遭受到的意外的烦扰了。因为邻近很多口渴的昆虫，立刻发现了蝉的井里流出的浆汁，跑去舔食。这些昆虫大都是黄蜂、苍蝇、蛆蜕、玫瑰虫等，而其中最多的却是蚂蚁。

身材小的蚂蚁想要到达这个井边，就偷偷从蝉的身底爬过，而蝉却很大方地抬起身子，让它们过去。大的昆虫，抢到一口，就赶紧跑开，走到邻近的枝头，当它再转头回来时，胆子比从前更大了，它们忽然就成了强盗，想把蝉从井边赶走。

最坏的罪犯，要数蚂蚁了。我曾见过它们咬紧蝉的腿尖，拖住它的翅膀，爬上它的后背，甚至有一次一个凶悍的强徒，竟当着我的面，抓住蝉的吸管，想把它拔掉。

最后，这位歌唱家不得不抛开自己所做的井，悄然逃走了。于是蚂蚁的目的达到了，占有了这个井。不过这个井也干得很快，浆汁立刻被吃光了。于是它再找机会去抢劫别的井，以图第二次的痛饮。

你看，真正的事实，不是与那个寓言相反吗？蚂蚁是顽强的乞丐，而勤苦的生产者却是蝉呢！

牵手阅读

人们陶醉于蝉的鸣声，却忽略了它的美好本性。每当蝉在树枝上引吭高歌时，会用它尖细的口器刺入树皮吮吸树汁。这时，各种口渴的蚂蚁、苍蝇、甲虫等便闻声而至，都来吸吮树汁，蝉又飞到另一棵树上，再另开一口"泉眼"，继续为它们提供饮料。这种美好的品性，值得我们赞扬。而曾经对蝉的污蔑，也不攻自破。

神秘的凶手

[法]法布尔　夏洛　译

　　在八九月里，我们应该到光秃秃的、被太阳晒得发烫的山峡边去看看，让我们找一个正对太阳的斜坡，那儿往往热得烫手，但就是在这种地方，我们可以得到一个很大的收获。这里，往往是黄蜂和蜜蜂的乐土。它们在地下的土堆里忙着料理食物——这里堆上一堆象鼻虫、蝗虫或蜘蛛，那里分列着一组组的蝇类和毛毛虫类，还有的正在把蜜贮藏在皮袋里、土罐里、棉袋里或是树叶编的瓮里。

　　在这些默默地埋头苦干的蜜蜂和黄蜂中间，还夹杂着一些别的虫子，那些我们称之为寄生虫。它们匆匆忙忙地从这个家赶到那个家，耐心地躲在门口守候着，你别以为它们是在拜访好友，它们这些鬼鬼祟祟的行为可不是出于好意，它们是要找一个机会去牺牲别人，以便安置自己的家。

　　这有点儿类似于我们人类世界的争斗。劳苦的人们，刚刚辛辛苦苦地为儿女积蓄了一笔财产，却碰到一些想不劳而获的家伙来争夺这笔财产。有时还会发生谋杀、抢劫、绑票之类的恶性事件，充满了罪恶和贪婪。至于劳动者的家庭，劳动者们曾经为它付出了多少心血，贮藏了多少他们自己舍不得吃的食物，最终也被那帮强盗活活吞没了。世界上几乎每天都有这类事情发生，可以说，哪里有人类，哪里就有罪恶。昆虫的世界也是一样，只要存在着懒惰和无能的虫类，就会有把别人的财产占为己有的罪恶。蜜蜂的幼虫们通常被母亲安置在四周紧闭的小屋里，或待在丝织的茧子里，为的是可以静静地睡一个长觉，直到它们变为成虫。可是这些宏伟的蓝图往往不能实现，敌人自有办法攻进这铜墙铁壁般的堡垒。每个敌人都有它特殊的战略——那些绝妙又狠毒的技巧，你根本连想都想不到。你看，一只奇异的虫，靠着一根针，把它自己的卵放到一条蛰伏着的幼虫身旁——这幼虫本是这里真正的主人；或是一条极小的虫，边爬边滑地溜进了人家的巢，于是，蛰伏着的主人便永远长睡不醒了，因为这条小虫立刻要把它吃掉了。那些手段毒辣的强盗，毫无愧意地把人家的巢和茧子作为自己的巢和茧子，到了来年，善良的女主人已经被残忍地杀害，抢了巢杀了主人的恶棍倒出世了。

　　看看这一个，身上长着红白黑相间的条纹，形状像一只难看而多毛的蚂蚁，它一步一步地仔细地考察着一个斜坡，巡查着每一个角落，还用它的触须在地面上小心地试探着。你如果看到它，一定会以为它是一只粗大强壮的蚂蚁，只不过它的服装要比普通的蚂蚁漂亮。这是一种没有翅膀的黄蜂，它是其他许多蜂类幼虫的天敌。它虽然没有翅膀，可是它有一把短剑，或者说是一根利刺。只见它犹豫了一会儿，然后在某个地方停下来，开始挖和扒，最后居然挖出了一个地下巢穴，就跟经验丰富的盗墓贼似的。这巢在地面上并没有痕迹，但是这家伙能看到我们人类所看不到的东西。它钻到洞里停留了一会儿，最后又重新出现在洞口。这一去一来之间，它已经干下了无耻的勾当：它潜进了别人的茧子，把卵产在那睡得正酣的幼虫的旁边，等它的卵孵化成幼虫以后，就会把茧子的主人当作丰美的食物。

　　还有另外一种虫，全身闪耀着金色的、绿色的、蓝色的和紫色的光芒。它们是昆虫世界里的蜂雀，被称作金蜂，你看到它的模样，决不会相信它是盗贼或是搞谋杀的神秘凶手。可它们的确是用其他蜂的幼虫作食物的昆虫，是个罪大恶极的坏蛋。

　　这十恶不赦的金蜂并不懂得挖人家墙脚的方法，所以只能等到母蜂回家的时候溜进去。你看，一只半绿半粉红的金蜂大摇大摆地走进一个捕蝇蜂的巢。那时，正赶上母亲带着一些新鲜的食物来看孩子们，于是，这个"侏儒"就堂而皇之地进了"巨人"的家。它一直大摇大摆地走到洞的底端，对捕蝇蜂锐利的刺和强有力的嘴巴似乎丝毫不怕。至于那母蜂，不知道是不是不了解金蜂的丑恶行径和名声，还是给吓呆了，竟任它自由进去。来年，如果我们挖开捕蝇蜂的巢穴看看，就可以看到几个赤褐色的针箍形的茧子，开口处有一个扁平的盖。在这个丝织的摇篮里，躺着的是金蜂的幼虫。至于那个一手建造这坚固摇篮的捕蝇蜂的幼虫呢？它已完全消失了，只剩下了一些破碎的皮屑了。它是怎么消失的？当然是被金蜂的幼虫吃掉了！

看看这个外表漂亮而内心奸恶的金蜂，它身上穿着金青色的外衣，腹部缠着"青铜"和"黄金"织成的袍子，尾部系着一条蓝色的丝带。当一只泥匠蜂筑好了一座弯形的巢，把入口封闭，等里面的幼虫渐渐长大，把食物吃完后，吐着丝装饰着它的屋子的时候，金蜂就在巢外等待机会了。一条细细的裂缝，或是水泥中的一个小孔，都足以让金蜂把它的卵塞进泥匠蜂的巢里去。总之，到了五月底，泥匠蜂的巢里就多了一个针箍形的茧子，从这个茧子里出来的，又是一个口边沾满无辜者的鲜血的金蜂，而泥匠蜂的幼虫，早被金蜂当作美食吃掉了。

正像我们所了解的那样，蝇类总是扮演强盗或小偷或歹徒的角色。虽然它们看上去很柔弱，有时候甚至你用手指轻轻一撞，就可以把它们全部压死。可它们的确祸害不小。有一种小蝇，身上长满了柔软的绒毛，娇软无比，仿佛你轻轻一摸就会把它压得粉身碎骨，它们脆弱得像一丝雪片，可是当它们飞起来时却有着惊人的速度。乍一看，只是一个迅速移动的小点儿。它在空中徘徊着，翅膀振动得飞快，使你看不出它在运动，倒觉得是静止的。仿佛是被一根看不见的线吊在空中。如果你稍微动一下，它就突然不见了。它到哪儿去了呢？其实，它哪儿都没去，还在你身边。

当你以为它真的不见了的时候，它早就又回到原来的地方了。它飞行的速度是如此之快，使你根本无法看清它运动的轨迹，那么它又在空中干什么呢？它正在打坏主意，等待机会把自己的卵放在别人准备好的食物上。我现在还不能断定它的幼虫所需要的是哪一种食物：蜜、猎物，还是其他昆虫的幼虫？

有一种灰白色的小蝇，我对它比较了解，它喜欢蜷伏在日光下的沙地上，等待着抢劫时机的到来。当各种蜂类猎食回来、满载而归的时候，灰蝇就来到它们的身边，一会儿向前，一会儿向后，一会儿又打着转，紧紧地跟在蜂的身后，不让它从自己的眼皮底下溜走。当母蜂把猎物夹在腿间拖到洞里去的时候，它们就准备行动了。就在猎物将要全部进洞的那一刻，它们飞快地飞上去，停在猎物的身上产下卵。就在那一眨眼的工夫里，它们以迅雷不及掩耳之势完成了任务。母蜂还没有把猎物拖进洞的时候，猎物就已经带着新来的不速之客的种子了，这些"坏种子"变成虫子后，会把这猎物当作成长所需的食物，而让洞的主人的孩子们活活饿死。

不过，退一步想，对于这种专靠掠夺人家的食物、吃人家的孩子来养活自己的蝇类，我们也不必对它们过于指责。一个懒汉吃别人的东西，那是可耻的，我们会称他为"寄生虫"，因为它牺牲了同类来养活自己，可昆虫从来不会做这样的事情。它从来不掠取其同类的食物，昆虫中的寄生虫掠夺的都是其他种类昆虫的食物，所以跟我们所说的"懒汉"还是有本质上的区别的。还记得泥匠蜂吗？没有一只泥匠蜂会去沾染一下邻居所隐藏的蜜，除非邻居已经死了，或者已经搬到别处去很久了。其他的蜜蜂和黄蜂也一样。所以，昆虫中的"寄生虫"要比人类中的"寄生虫"高尚得多。

我们所说的昆虫的寄生，其实是一种"捕猎"行为。例如那没有翅膀，长得跟蚂蚁相像的那种蜂，它用别的蜂的幼虫喂自己的孩子，就像别的蜂用毛毛虫、甲虫喂自己的孩子一样。所有的动物都可能成为猎手或盗贼，就看你从怎样的角度去看待它。其实，我们人类是最大的猎手和盗贼，我们偷吃了小牛的牛奶，偷吃了蜜蜂的蜂蜜，就像灰蝇掠夺蜂类幼虫的食物一样。人类这样做是为了抚育自己的孩子。自古以来人类为把自己的孩子养大，不也总是不择手段吗？

爷爷的故事

老俞头已停止了咳嗽，又重新走上讲台，翻开课本。他的嘴唇嗫嚅着，许久没有说出话了。忽然，我发现他浑浊的眼里闪动着亮光，一滴浊泪顺着眼角滚落下来。

怪老头儿

孙幼军

　　我叫赵新新，也叫铁头，念五年级。你们要是读过《铁头飞侠传》，准认识我。不过，那本书读不读都没关系。如果你肚子疼，你就是把那本书从头到尾念三遍，肚子照样儿疼。我现在讲的故事就不同啦，说不定你听了我的肚子疼是怎么治好的，也能学会治肚子疼。

　　那天下午我又肚子疼了，疼得直"哎哟"。吴老师说："赵新新你回家吧，让李明送送你！"

　　就凭大侠铁头，肚子疼还得让人家送？我自己上了无轨电车。

　　电车里很挤。一个很瘦、很矮的老爷爷站在我身旁，使劲儿摇晃。他要扶上头的扶手，伸伸胳膊，够不着。他要扶椅背，椅背上已经有好几只手了。看老爷爷又咳嗽又喘，我对椅子上坐的大哥哥说："大哥哥，你让老爷爷坐坐，好吗？老爷爷年纪大……"

那个大哥哥斜了我一眼说：

"凭什么？我也买票了，瞧见了没有？五毛！想坐也成，让你爷爷给我五毛！——我原本坐着，要是站着，就得付出力气，付出劳动。付出劳动就应该给报酬，对不对？"

我兜儿里正好有五毛钱，是打算给飞侠——就是我那只大猫买虾皮的。我一咬牙，把五毛钱掏出来，给了那个大哥哥。

老爷爷坐下了，喘着气，嗓子眼儿还吱儿吱儿直响。老爷爷扭过头来说："其实应该你坐，你肚子疼。"

上了车，我肚子疼好多了，既没"哎哟"，也没弯腰，他怎么知道我肚子疼？我觉得挺奇怪："您怎么知道我肚子疼？"

"那你怎么知道我年纪大？"

两回事嘛！短发谢了顶，满嘴巴的胡荏子花白，脸跟核桃皮似的，怎么会看不出年纪大？

可是我没说话。也没准儿老头儿不乐意人家说他年纪大。

到站了，我下了车。车立刻开走了。我向坐在车里的老爷爷招招手说："再见！"

瘦老爷爷在车窗里朝我点点头，好像也说了句"再见"。

我走了几步，一抬头，看见那个瘦老爷爷站在前头等我。我吓了一大跳：车明明开走了嘛！我口吃地说："您……您是怎么下来的？"

"一迈腿就下来了。"瘦老爷爷说，"你干吗老是大惊小怪？你下车的时候不迈腿呀？不迈腿下得来吗？"

跟他说不清楚。我只好说：

"老爷爷有事吗？"

他说："我不叫'老爷爷'，我叫'怪老头儿'，你叫我'怪老头儿'就成了。"

我说："那多没礼貌啊！"

他说："这跟礼貌没关系。好比你叫赵新新，我叫你赵新新，有什么不礼貌的？"

知道我肚子疼，还"一迈腿"就下来了，还知道我叫赵新新！真够怪的了，"怪老头儿"这名字对他挺合适。

"是这么着，"怪老头儿说，"除了脑袋长得大了点儿，小脖儿细了点儿，你这孩子还算不错！你跟我到家去，我满足你一个愿望。比方说，你想不想要一个带磁铁的新文具盒？再比方说，你至少应该要一包虾皮吧？不然，你回去拿什么给飞侠拌饭吃？"

他什么都知道，真是奇怪极了！不过，这回我听明白他的话了。我说："帮您找个座儿，这是我应该做的。我什么都不要！"

怪老头儿说："不一定是要什么东西。我是说'满足你一个愿望'。什么愿望都可以，比方说，你想不想长出一对翅膀来，满天飞？"

这一句话可把我吸引住了。真能长出一对翅膀来，该有多美！我一定飞得高高的，让城里那些大楼看上去像积木一样……可是我的肚子又疼起来了，疼得我直想蹲下。正飞在半天空，肚子这么一疼，那还不一下子掉下来，把我摔成肉饼？眼下要说有愿望，那就是让我的肚子别再疼。

"我给你治好肚子怎么样？"怪老头儿说，"你这肚子是怎么一回事？"

"大夫说，因为不讲卫生，肚子里有蛔虫。我吃了好些药，那种粉红色的，像个小窝头，甜的。还有白药片儿，还有黄药面儿……总共吃了好几斤，虫子就是不愿意出来，老在肚子里闹腾。后来肚子再怎么疼，我妈也不让吃药了，怕……"

"伸出舌头来让我瞧瞧！"

我就伸出舌头来。

"说'啊'！"

我就说："啊——"

"没错儿，"怪老头儿说，"肚子里有虫子，还不少呢。跟我来吧！"

我跟着怪老头儿走，一边说："您可别给我吃药了，我妈说，再吃，该把我毒死了！"

怪老头儿说："给人家吃药算什么本事呀？我用特别疗法！"

原来怪老头儿住的地方离我们家挺近。他指着那边一座小平房说："这就是我家！"

我看了一眼，忽然有点儿糊涂。小平房在路旁一块空地上，靠着两棵大杨树。昨天下午放学，我还在这儿爬树来着，这儿根本就没有这座房子！

"怎么不走啊？"怪老头儿转过脸来问我。

"这地方……这地方没房子！我天天上学从这儿过……"

"没房子，这是什么呀？"怪老头儿说。

"我是说，原先没有！"

"原先什么都没有。"他指指前头，"原先有那座大楼吗？原先有这条马路吗？"

跟这个老爷爷就是说不清楚。

怪老头儿说："我今天早晨才搬来的，不行啊？"

"当然行。可是……连房子一起搬来的？"

"不搬不成啊。要在那地方修马路。我这个老头儿最听话，让我拆迁，我把房子叠巴叠巴就搬来了。"

"把房子叠起来？"

怪老头儿一边咳嗽一边说："都把我气咳嗽了！跟你们小孩子说话真费劲。你们老师教你们，多累得慌啊，要叫我，才不给你们当老师呢！跟我进屋，我告诉你是怎么回事！"

怪老头儿走到小房子前头，从上衣兜儿里掏出一把钥匙，把门上的大铁锁打开，走进去。我也随后跟进去。

他关好门，走到一个紫红色的大方桌前，伸出一条胳膊说："好好瞧着！"

说着，往桌面上"啪"地一拍。

这一拍，桌子忽然垮下去，成了扁扁的一片，贴在地上。他弯下腰，跟揭一张纸似的把那片紫红色的东西揭起来，然后像叠一份旧报纸一样把桌子叠成小块儿，揣进衣袋里。

我看傻了。他可满不在乎，又把那叠起来的纸掏出来，抖开，往地上一撂。还是那张方桌子，摆在原来的地方！

　　我愣了好半天，这才走上去，用手按按那张桌子，又用指头弹弹桌面。桌子纹丝不动，桌面当当响。

　　"多好的红木！"老头儿得意地说，"现在你到哪儿买这么好的八仙桌去！"

　　那么说，"把房子叠巴叠巴"，就是把房子也这么"啪"地一拍，

拍成扁片片，叠起来……"我常把房子叠起来揣在怀里。"怪老头儿说，"这么着，出门儿放心。"

真是这样一回事！

怪老头儿搬过一个小板凳，踩上去，把挂在房梁上的一个鸟笼子摘下来。那里头有两只漂亮的小鸟，正嘀溜嘀溜地唱着歌。

"你敢不敢吃鸟儿？"怪老头儿问我。

"吃鸟儿是野蛮的，"我说，"鸟儿对人类有益处。"

"有什么益处？"

"它们吃害虫！"

"关在笼子里，它们怎么吃害虫？我还得天天喂它们，怪麻烦的。你吃下去，让它们在你肚子里消灭害虫多好！"

"活吃啊？"

"多明白呀！煮熟了吃，它们还能捉害虫吗？"

怪老头儿打开鸟笼上的小门，抓出一只鸟儿就往我嘴上送。我急了，想逃，可是怪老头儿放下鸟笼，一把揪住我的领子，硬把小鸟塞进我嘴里。我一喊，小鸟儿就下去了。

"你们小孩子就是这样子——治病啊，打针啊什么的，都不乐意，都得硬逼着才干！给你们当爸爸妈妈，多麻烦。要叫我，才不给你们当爸爸妈妈哪！"

怪老头儿一边说，一边把第二只小鸟也弄到我肚子里去了。我吓坏了，呆呆地站在地上，觉得两只小鸟在我肚子里飞。接下来我的肚子疼得厉害，"哎哟哎哟"叫起来。

怪老头儿说："没事儿，都这样儿！好比打针，扎的时候特别疼，扎完了，病就好了。你要是老怕疼，肚子就好不了。"

疼了一会儿，果然不疼了。

"我怎么说来着？一点儿也不疼了吧？"怪老头儿摇头晃脑地说。

"可是……它们怎么出来？"

"你说小鸟儿啊？必定是虫儿还没吃光。吃光了，你彻底好了，它们自己就飞出来啦！"

"我是说，它们从哪儿出来。"

"这就看它们高兴了。也许还从嘴里飞出来，也许是在你上厕所的时候。再不就是，它们啄个洞飞出来——没关系，很小的小洞！"

我喊起来："那可不成！多小也不成！"

怪老头儿说："这种可能性不大。它们心地善良，不好意思把人家肚皮咬个窟窿。不过，要是肚子里的虫儿吃光了，它们又一时不想出来——你知道，外头污染太厉害，它们不乐意出来让烟熏，有些坏小子还总拿气枪打它们——那可就麻烦点儿了。也没准儿它们饿极了，乱啄一气。"

"那可怎么办？"

"没事儿！两天以后还不出来，你每天吃点儿虫子。最好是活虫子。"

"吃活虫子？"

"再不，小米也成。生小米，用清水泡泡，像吞药似的吞下去。一天三次，每次 1000 粒儿。"

我妈妈的粮柜里倒是有半口袋小米。不管怎么说，肚子不疼了，麻烦点儿就麻烦点儿吧！

我谢过老爷爷，回家了。第二天上午上课的时候，两只小鸟忽然嘀溜嘀溜地唱起歌儿来。我吓坏了，赶紧朝四周看。还好，同学们都把头扭向窗户，盯着窗外那棵老槐树。吴老师也停下来，朝窗外看。她侧耳听了一会儿，轻轻地说："多好听啊……我一下子想起小时候来了。那时候咱们这儿有好多树，有好多鸟儿唱歌……"

只有我的同桌李明没往外看。他偷偷向我挤挤眼睛，小声说：

"你可骗不了我！"

他把手伸到我书桌里摸索了一阵子，接着，又挨个儿翻我的衣袋。

"真怪！"最后，他使劲儿地挠了挠头。

老俞头

殷健灵

买葱去！我手心里攥着妈妈给我的仅有的一角钱，在人挤人、摊挤摊的菜场里急急地走着。

找到葱摊了。卖葱的是一个小个子男人，满脸胡子拉碴，一双刺猬眼紧盯着葱摊上的每一根葱。我从人堆里挤进去一只手，大声喊："买葱！"刺猬眼接过钱，机械地往钱箱里一扔。就在这时，邻近鱼摊上的一个长脸男人用一只充满鱼腥味的手，在刺猬眼肩上猛拍一掌，说："昨晚我赢了多少？八张！"刺猬眼不屑地瞥了他一眼："我赢十张！"

我见他一直不给我葱，急得从人堆里挤进一个头去，大声问："你怎么不给我葱？快给呀！"刺猬眼足足瞪了我三十秒钟，凶凶地说："钱呢？"我急了，嗓子眼直打战："不是给过了吗？你放钱箱里了！"刺猬眼站起来，转动着细脖子问周围的人："给了？

你们谁看见了？"没有人回答，谁也没有看见。我只觉得耳根燥热发烫，正想申辩，那只沾满鱼鳞的手又从一旁伸了过来，在我鼻子眼前晃动。我突然恶心得想吐。"昨天就有一个小孩儿从我摊上偷走一条鱼，说不定就是他！"他指着我说。"你胡说！"我愤怒地反驳，"你诬蔑好人！"嗓音虽然很高，眼泪却不听话地涌上了眼眶。只听见周围的人在说："唉，现在的小孩儿呀，真是……"

怎么办？走吗？可一走不就等于承认自己是骗子了吗？非得跟他把理说清楚不可！但我一个小孩儿，怎么才能说得过那么多大人呢？我正手足无措，这时，一旁挤过来一个瘦老头，秃顶，脑壳尖尖的，下巴上留着一缕灰色的胡须。"让孩子把葱拿走吧，钱我替他付。"他递给刺猬眼一角钱，然后拿起一份葱塞在我手里，推着我离开了那充满鱼腥味的人群。

我松了一口气，眼泪却像开了闸，直往下掉。我从心底感激他，却又觉得吃了亏，丢了理。我擦了擦眼泪，对瘦老头说："你为什么要给他们钱？我明明付过了！"老头拍拍我的肩膀，轻轻地说："算了，世界上有些事情很难说清楚，能忍就忍一下吧！男孩子不能哭鼻子，要坚强一些！"说完，他又轻轻拍了拍我的肩，艰难地挤出了人群，走远了。

吃完午饭回到学校，班主任宣布教语文的金老师借调走了，由新来的俞老师代课。班主任一离开，教室里便响起了一片"乌拉"声。原来的金老师是全校最凶、最厉害的老师，班里的哥们，没有一个不怕她的。

新老师进来了。哇！我的眼睛一亮，几乎想跳起来，没错，是他，那个秃顶、尖脑壳的瘦老头！我伸长脖子，期待着他能认出我来。我觉得我们之间挺有缘分。

"上课！"新老师的声音柔和得像一池水。"老师好！"同学们站起来齐声说。"请坐！"老师一边回答一边朝同学们深深地鞠了一躬，不偏不倚九十度。课堂里一片哄堂大笑，同学们谁也没有见过这种架势，觉得挺滑稽。只有我咬着嘴唇，没笑出来。

新老师开始介绍自己："敝姓俞，从前在图书馆工作，同事们叫我老俞头……"

"是老鱼头吧？"同学中间忽然响起了一个尖细的声音，故意把"鱼"字拖得长长的，接着又是一阵哄堂大笑。我担心地盯着老俞头，担心他要发火。不料，他竟然像没有听见似的，打开课本，有声有色地念起了《从百草园到三味书屋》。

他念得那样投入，细细的身体里仿佛一下子就贮满了力量。他是在用全身的气力讲课，颈子上几根筷子粗细的筋蓝生生地跳动着，苍白干枯的手很夸张地比画着。他极动情地描绘着桑葚和覆盆子的形状，又细致地介绍起斑蝥——那种一按背部就放出气体的小虫。

教室里的说笑声越来越响，由一开始嗡嗡叫渐渐变成起伏的浪潮。老俞头脖子上的青筋越来越粗，手臂舞动得越来越艰难，嗓音也越来越尖。我竭力坐直身子，两眼紧盯着他苍白的脸，心里替他着急：老俞头，你干吗不发火？

他的眼光无可奈何地从笑闹的同学身上移开，转向我。啊，他认出我来了！他走到我桌边，面颊上浮起一丝红晕。他又开始念课文，还是那样动情，那样绘声绘色。他讲述着鲁迅的童年和那间沉闷的三味书屋，声音很平缓，仿佛是讲给我一个人听。我全神贯注地听着，想用我的一片虔诚，来报答老俞头对我的救助。

"咚咚咚……"后排有人敲响了桌子，接着又有人吹起了颤抖的口哨。

他终于抬起了一只手，从宽大的袖口里弯弯地伸出食指，颤巍巍地指了指得意忘形的一位同学。我以为他要说出什么石破天惊的话来，但他却什么也没说。

再这样下去，真不知道还会发生什么事情。一团按捺不住的怒火突然从我胸中喷发出来。我要帮助他！我只感到我十四岁的血液正在我的体内激动迸溅，它往上冲到我的头部，在我的脑海里形成了一个不可遏制的欲望。我不顾一切地跳离座位，冲向闹得最凶的刘闯，对他大吼一声："你不要吵了！"刘闯惊讶地站起来，用一双诧异的眼睛盯着我。在他面前，我就像个小不点儿，头顶刚到他的下巴。平时，他说让我朝东，我便不敢往西走。但今天不一样，我一点儿也不害怕，仿佛换了一个人。我昂起头来，也用一双锐利的眼睛紧紧地盯着他。他一只手猝然揪住了我的领口。"呸！"他把一口黏糊糊的唾液喷在我的脸上，"快去变个鳖，和老鱼头一块儿下水去吧！"说完，狠狠一推，险些把我摔倒在地。

这时，我听见了老俞头沉重的咳嗽声，听见了同学们热烈的谈话声和讥笑声。我的脑子一片空白，两腿不由自主地向前迈开，贴近刘闯，突然挥拳一击，重重地打在他的鼻尖上。刘闯"哇"地一声，双手捂住鼻子，趴倒在课桌上。教室里顿时一片阒然。我凑到刘闯耳边，低低地说："下了课我送你去医务室。"说完，我就回到了自己的座位上。

　　老俞头已停止了咳嗽，又重新走上讲台，翻开课本。他的嘴唇嗫嚅着，许久没有说出话了。忽然，我发现他浑浊的眼里闪动着亮光，一滴浊泪顺着眼角滚落下来。他急忙用袖口去擦。我的心怦怦地跳动起来。老俞头，不要哭，男人是不哭的。男人要坚强。

淘气包的故事

上课的时候，他不是拿铅笔在桌子上乱画，就是用两条腿在桌子底下乱踢，总是不好好地听老师讲课。老师说他，他也不在乎，顶多不过吐吐舌头。

童年笨事

赵丽宏

如果回想一下，每个人儿时都会做过一些笨事，这并不奇怪，因为儿时幼稚，常常把幻想当成真实。做笨事并不一定是笨人，聪明人和笨人的区别在于：聪明人做了笨事之后会改，并且从中悟出一些道理，而笨人则屡错屡做，永远笨头笨脑地错下去。

我小时候笨事也做得不少，现在想起来还会忍不住发笑。

追"屁"

五六岁的时候，我有个奇怪的嗜好：喜欢闻汽油的气味。我认为世界上最好闻的味道就是汽油味，比那种绿颜色的明星牌花露水的味道要美妙得多。而汽油味中，我最喜欢闻汽车排出的废气。于是跟大人走在马路上，我总是拼命用鼻子吸气，有汽车开过，鼻子里那种感觉真是妙不可言。有一次跟哥哥出去，他发现我不停地用鼻子吸气，便问："你在做什么？"我回答："我在追汽车放出来的气。"哥哥大笑道："这是汽车在放屁呀，你追屁干吗？"哥哥和我一起在马路边前俯后仰地大笑了好一阵。

笑归笑，可我的怪嗜好依旧未变，还是爱闻汽车排出来的气。因为做这件事很方便，走在马路上，你只要用鼻子使劲儿吸气便可以。后来我觉得空气中那汽油味太淡，而且稍纵即逝，闻起来总不过瘾，于是总想什么时候过瘾一下。终于想出办法来。一次，一辆摩托车停在我家弄堂口。摩托车尾部有一根粗粗的排气管，机器发动时会喷出又黑又浓的油气，我想，如果离那排气管近一点，一定可以闻得很过瘾。我很耐心地在弄堂口等着，过了一会儿，摩托车的主人来了，等他坐到摩托车上，准备发动时，我动作敏捷地趴到地上，将鼻子凑近排气管的出口处等着。摩托车的主人当然没有发现身后有个小孩在地上趴着，只见他的脚用力踩动了几下，摩托车呼啸着箭一般蹿出去。而我呢，趴在路边几乎昏倒。

那一瞬间的感觉，我永远不会忘记——随着那机器的发动声轰然而起，一团黑色的烟雾扑面而来，把我整个儿包裹起来。根本没有什么美妙的气味，只有一股刺鼻的、几乎使人窒息的怪味从我的眼睛、鼻孔、嘴巴里钻进来，钻进我的脑子，钻进我的五脏六腑。我又是流泪，又是咳嗽，只感到头晕眼花、天昏地黑，恨不得把肚皮里的一切东西都呕出来……天哪，这难道就是我曾迷恋过的汽油味儿？等我趴在地上缓过一口气来时，只见好几个

人围在我身边看着我发笑，好像在看一个逗人发乐的小丑。原来，猛烈喷出的油气把我的脸熏得一片乌黑，我的模样狼狈而又滑稽……

从此以后，我开始讨厌汽油味，并且逐渐懂得，任何事情，做得过分以后，便会变得荒唐，变得令人难以忍受。

囚　蚁

童年时曾经认为世界上所有的动物都可以由人来饲养，而且所有的动物都可以从小养到大，就像人一样，摇篮里不满一尺长的小小婴儿总能长成顶天立地的大巨人。连蚂蚁也不例外。在儿歌里唱过"小蚂蚁，爱劳动，一天到晚忙做工"，所以对地上的蚂蚁特别有好感，常常趴在墙角或者路边仔细观察它们的活动，看它们排着队运食物、搬家，和比它们大无数倍的爬虫和飞虫们作战……大约是五岁的时候，有一天我和妹妹忽发奇想：为什么不能把蚂蚁们放到玻璃瓶里养起来呢？像养小鸡小鸭那样养它们，给它们吃，给它们喝，它们一定会长大，长得比蟋蟀和蝈蝈们还要大。

这件事情并不复杂。找一个有盖子的玻璃药瓶，然后将蚂蚁捉到瓶子里，我们一共捉了 15 只蚂蚁，再旋紧瓶盖。这样，这15 只蚂蚁便有了一个透明整洁的新家。我和妹妹兴致勃勃地观察着蚂蚁们在瓶子里的动静，只见它们不停地摇动着头顶的两根触须，急急忙忙地在瓶子里上下来回地走动，似乎在寻找什么。我想它们大概是饿了，便旋开瓶盖投进一些饭粒，可它们却毫无兴趣，依然惊惶不安地在瓶里奔跑。它们肯定在用它们的语言大声喊叫，可惜我听不见……第二天早晨起来，第一件事情就是看玻璃瓶里的蚂蚁。只见那15只蚂蚁横七竖八躺在瓶底下，安安静静地一动也不动，它们全都死了。我和妹妹很是伤心了一阵，想了半天，得出结论：是因为药瓶里不透气，蚂蚁们是闷死的（现在想起来，更可能是瓶里的药味使小蚂蚁们送了命）。

原因既已找到，新的办法便随之而来。我找来一只火柴盒子，准备为蚂蚁们做一个新居。怕它们再闷死，我命令妹妹用大头针在火柴盒上扎出一些小洞眼，作为透气孔。当时已是深秋，天气有些冷，于是妹妹又有新的担忧："火柴盒里很冷，小蚂蚁要冻死的！"对，想办法吧，在妹妹的眼里，我这个比她大一岁的哥哥是无所不能的，我果然想出办法来：从保暖用的草窝里抽出几根稻草，用剪刀将稻草剪碎后装到火柴盒里，这样，我们的蚂蚁客人就有了一个又透气又暖和的新窝了。我和妹妹又抓来一些蚂蚁关进火柴盒里，还放进一些饼干屑，我们相信蚂蚁们会喜欢这个新家。遗憾的是不能像用玻璃瓶一样在外面可以观察它们了，但可以用耳朵来听，把火柴盒贴在耳朵上，可以听见它们的脚步声，这些窸窸窣窣的声音极其轻微，必须在夜深人静时听，而且要平心静气地听。在这若有若无的微响中，我曾经有过不少奇妙的遐想，我仿佛已看见那些快乐的小蚂蚁正在长大，它们长出了美丽的翅膀，像一群威风凛凛的大蟋蟀……

然而我们的试验还是没有成功。不到两天时间，火柴盒里的蚂蚁们全都逃得无影无踪。我也终于明白，蚂蚁们是不愿意被关起来的，它们宁可在墙角、路边和野地里辛辛苦苦地忙碌劳作，也不愿意在人们为它们设置的安乐窝里享福。对它们来说，没有什么比自由的生活更为可贵。

跳　河

在几十双眼睛的注视下，我爬上了苏州河大桥的水泥桥栏。我站得那么高，湍急的河水在我脚下七八米的地方奔流。我闭上眼睛，深深地吸了一口气，准备往下跳，然而脚却有点儿发抖……

背后有人在小声议论——

"喔，这么高，比跳水池的跳台还高！这孩子敢跳？"

"胆子还真不小！"

"瞧，他有些害怕了。"

议论声无一遗漏，都传进了我的耳朵。于是我闭上了眼睛，又深深地吸了一口气……这还是读初中一年级时的事情。放暑假的时候，我常常和弄堂里的一批小伙伴一起下黄浦江或者苏州河游泳。有一天，看见几个身材健美的小伙子站在苏州河桥栏上轮流跳水，跳得又潇洒又优美，使人惊叹又使人羡慕。我突然也想去试一试，他们能跳，我为什么不能呢？小伙伴们知道我的想法后，都表示怀疑，他们不相信我有这样的胆量。我急了，赌咒发誓道："你们看好，我不跳不姓赵！"看我这么认真，有几个和我特别要好的孩子也为我担心了，他们说："好了，我们相信你敢跳了。你可千万别真的去跳！""假如'吃大板'，那可不是闹着玩的！"（"吃大板"，指从高空落水时身体和水面平行接触，极危险）可是再也没有人能够阻拦我的决心。我爬上桥栏时，小伙伴们都为我捏一把汗，有几个甚至不敢看，躲得远远的……

然而当我站在高高的桥栏上之后，却真的害怕起来，尤其是低头看桥下的流水时，只觉得头晕目眩。在这之前，我从未在超过一米以上的高度跳下水，现在一下子要从七八米高的地方跳入水中，而且没有任何准备和训练，真是有点儿冒险。如果"插蜡烛"，保持直立的姿势跳下去，危险性要小些，但肯定会被人取笑。头先落水呢，一点把握也没有……我犹豫了几秒钟。在听到背后围观者的议论时，我一下子鼓起勇气：头先落水！

我眼睛一闭，跳了下去。但结果非常糟糕，因为太紧张，落水时身体蜷曲着，背部被水面又狠又闷地拍了一下，几乎失去知觉。挣扎着游上岸时，发现背脊上红红的一大片。不过，这极不潇洒的一跳，却使我懂得了怎样才能使身体保持平衡。

"这一跳不行，我重跳。"当小伙伴们拥上来时，我喘着气宣布了我的决定。不管他们怎样劝阻，我还是重新爬上了桥栏。我又跳了两次。尽管我看不见自己落水时的姿势，但从伙伴们的赞叹和围观者的目光来看，后两次跳水我是成功了。

　　我的父母和学校的老师从来不知道我曾到江河里游泳，更不知道我还敢从桥头往河里跳。他们也许不会相信，这样一个经常埋头在书中的文质彬彬的好学生，竟然会做出这种只有顽童才会去干的冒险行动。然而我确确实实这样干了，干得比顽童还要大胆。

　　为逞一时之强而去冒这样的险，似乎有点儿蠢，有点儿不值得，但我因此而树立了这样的信念：凡是我想要做的，我一定能够做到。随着年龄的增长，这信条越来越明确。尽管以后我也不断地有过失败和挫折，但我从没有轻易放弃过自己所追寻的理想和目标。

小花公鸡

严文井

　　小花公鸡在家里可真淘气，不是乱翻爸爸的抽屉，就是逗得小妹妹直哭。本来他也到了该上学的年纪了，他妈妈就把他送进了一个小学。在进小学的前一天晚上，妈妈告诉他要好好听老师的话，要好好念书；要不，就再也不喜欢他了。他答应了妈妈，他一定要做一个好孩子。

　　可是到了学校里，他还是调皮捣蛋。上课的时候，他不是拿铅笔在桌子上乱画，就是用两条腿在桌子底下乱踢，总是不好好地听老师讲课。老师说他，他也不在乎，顶多不过吐吐舌头。有一次，老师给他们讲什么是果子。老师说：果子是一种很好吃的东西。很多果子是红红的，又甜又酸，吃下去对身体很好，这样的果子在野外很多。

　　小花公鸡一听可高兴了。他只想尝尝果子是什么滋味，不等老师讲完，就悄悄从课堂里溜了出来。

在校园里，他遇见了二年级的一位老师。他不向那位老师行礼，往外面就跑。那位老师问他：小花公鸡，你不上课，到哪儿去？

小花公鸡昂着脑袋说：我爱到哪儿去就到哪儿去，你不是一年级的老师，管不着！

他飞快地跑着，在学校门口一下撞倒了一个女同学。他不道歉，也不停下来扶起那个女同学。

他飞快地跑着，在大路上他遇见了老羊伯伯，几乎又碰倒了老羊伯伯。老羊伯伯问他：

小花公鸡，你为什么不上学，在外面乱跑？

他很骄傲地回答：我就爱这样跑，上学不上学你管不着！

他一面跑一面心里想：果子红红的，又酸又甜，多好吃！

后来他就跑到了野外。果然他就找到了一些红红的果子，像什么海棠果、山丁子、山楂、桑葚，好多好多，他吃了一个又一个。

他觉得这样真快活，吃饱了就跳到一棵小树上乱喊乱叫。他大声唱起来：

"呀哈，真不错！我什么都学会了！我知道果子是什么样子。果子，红红的。红红的，果子。"

一个人乱闹了一阵，一直到他很疲乏了，这才想起动身回家。

走呀走，在快到家的时候，他觉得肚子又饿了。他在一片菜地里看到一些小红辣椒。这时候他早已把老师讲的有很多果子是红红的这句话记成了红红的都是果子了。看见了红辣椒，他很高兴，跑过去摘下一个最红的辣椒，张开嘴就吞下去了。

这一下坏了。小花公鸡的舌头、喉咙管、肚子都像火烧一样地痛。辣得他眼泪直流，只有咯哒、咯哒地又哭又叫。他话也说不出来了，拼命往家里跑。

在路上他又遇见了老羊伯伯。老羊伯伯问他：喂！骄傲的小花公鸡，怎么回事呀？

他很不好意思，可是他又说不出来，只有摇摇头：

"哎哟，哎哟！咯哒，咯哒！"

好容易他才跑回了家。妈妈问明白了是怎么一回事，给他灌了许多凉开水，这才止住了痛。

以后呢，小花公鸡可再不敢乱淘气了，遇见了什么事他都要想一想。老师告诉他，许多果子是红颜色的，可是红颜色的东西不都是果子，比方红红的东西还有火，火可不是什么果子，要挨一挨比辣椒可还要难受哩。小花公鸡听了，心想：火是什么滋味呀？火一定比辣椒还要辣！这时他几乎又要吐一吐舌头。可是他马上想到吐舌头不好，就低下头去看课本。从此以后，他就变成了一个用心听课的好学生了。

给乌鸦的罚单

王一梅

阿龙是城市里最年轻的警察，他希望自己能够有机会立功，成为英雄。

但是，阿龙遇到的都是一些小事。比如：乌鸦飞过城市的时候，在一个高高瘦瘦的光头上歇脚，顺便还方便了一下。

光头可不是好惹的，他冷不防用帽子罩住了乌鸦。

他把乌鸦交给警察阿龙，说："这只乌鸦太不像话了，你应该拔光他的毛，或者把他煮了。"

阿龙是一位很认真负责的小伙子，他把光头擦洗干净。然后对乌鸦说："一般说来，擦洗干净这个活应该由你来完成。的确，你太不礼貌了，你违反了不尊重人这一条。"

乌鸦很委屈地说："我没有想过要不尊重人，连稻草人我都尊重。很多时候，人类总是相互怀疑，相互埋怨。"乌鸦承认自己是一个近视眼，把光头当成了马路边的路灯。

阿龙说："那你就是违反了不讲卫生这一条。"

乌鸦很无奈地说："这我承认，鸟类的卫生习惯是有些差的。"

光头已经很不耐烦，他认为人和人吵架就已经够烦了，现在还要和一只乌鸦讲理？对于冒犯了人的乌鸦，就不应该和他多啰唆。

阿龙向乌鸦敬了一个礼，然后说："请您交罚款五元。"

光头以为自己是听错了，这真是笑话，把罚单开给一只乌鸦？乌鸦会交给警察先生五片树叶？五块卵石？还是五条毛毛虫？

乌鸦接过罚单，说："这是人类的罚单，我现在没有人类的钱，但是，我一定会还清罚款的。"

阿龙相信乌鸦的话，把乌鸦放了。乌鸦很认真地点点头，衔着罚单飞走了。

阿龙的这个举动被很多人当成笑话。他因此一辈子没有得到提拔，直到退休。

退休的老阿龙常常在树林里散步，回忆从前的生活，他想起自己曾经有过成为英雄的梦想，想起自己曾经给乌鸦开过一张罚单。

不久以后，伐木工人在一个树洞里发现了一堆硬币，在硬币下面，压着那张罚单。伐木工人很奇怪树洞里会有这样多的硬币，他仔仔细细地数了数，刚好是五元。

牵手阅读

　　本文讲述的是乌鸦信守诺言、坚守诚信的故事。怀揣英雄梦的年轻警察阿龙给乌鸦开具了一张可笑的罚单，更可笑的是乌鸦竟然接受了这张罚单。这张罚单于他人来说仅仅是茶余饭后供人一笑的存在罢了，但在乌鸦的眼中，这却是信任。他们愿意彼此信任，坚定地相信对方的承诺一定会兑现，这才是罚单的意义。其实这也是阿龙和乌鸦给每一个当代人开出的罚单。透过这张罚单，我们审视的是人与人之间最原始的情感——信任。

生活的哲理

枪杆上长出了枝丫，枝丫上长出了许多许多树叶，又开出了许多许多花朵。又一会儿，花朵又结成了又大又红的果子。

在牛肚子里旅行

张之路

　　有两只小蟋蟀，一只叫青头，另一只叫红头。它们是一对非常要好的朋友。有一天，吃过早饭，青头对红头说："咱们玩捉迷藏吧！"

　　"那得我先藏，你来找。"红头说。

　　"好吧！"青头说完，转过身子闭上了眼。

　　红头四面看了看，悄悄地躲在一个草堆里不作声了。

　　"红头，藏好了吗？"青头大声问。

　　红头不说话，只露两只眼睛偷偷地看。它心想：我要一答应，就会被青头发现。

　　正在这时，一头大黄牛从红头后面慢慢走过来。红头做梦也没有想到，大黄牛突然低下头去吃草。可怜的红头还没有来得及跳开就和草一起被大黄牛吃到嘴里去了。

"救命啊！救命啊！"红头拼命叫了起来。

"你在哪儿？"青头急忙问。

"我被牛吃了……正在它的嘴里……救命啊，救命啊！"

青头大吃一惊，它一下子蹦到牛身上。可是那头牛用尾巴轻轻一扫，青头就被摔在地上。青头不顾身上的疼痛，一骨碌爬起来大声喊："躲过它的牙齿，牛在这时候从来不会仔细嚼的，它会把你和草一起吞到肚子里去……"

"那我马上就会死掉了！"红头大哭起来。它和草已经一起进了牛的肚子。

青头又跳到牛身上，隔着肚皮和红头说话："红头！不要怕，你会出来的！

"听我说，牛肚子里一共有四个胃，前三个胃是贮藏食物的，只有第四个胃才是管消化的！"

"可是，你说这些对我有什么用呢？"红头悲哀地说。

"当然有用，等一会儿，牛休息的时候，它要把刚才吞下去的草重新送回到嘴里，然后细嚼慢咽……你是勇敢的蟋蟀，你一定能出来！""谢谢你！"红头的声音几乎听不见了，它咬着牙不让自己失去知觉。

红头在牛肚子里随着草一起运动着。从第一个胃走到第二个胃，又从第二个胃来到了牛嘴里。终于，红头又看见了光明，可是它已经一动也不能动了。

这时，青头爬到了牛鼻子上，在牛鼻孔里蹭来蹭去。

"阿嚏!"牛大吼一声。红头随着一团草一下子给喷了出来……

红头看见自己的朋友,高兴得流下了眼泪:"谢谢你……"

青头笑眯眯地说:"不要哭,就算你在牛肚子里做了一次旅行吧!"

不好看的书

周　锐

一个小外星人来到地球，在街上走。

一个摄影家看见小外星人，很高兴。因为他想参加奇形怪状摄影大奖赛，找到的人和东西却既不奇也不怪。这下好了！

"喂，小先生，"摄影家招呼小外星人，"你能让我拍张照吗？"

小外星人不愿意让别人拍照。

"我不会让你白照的。"摄影家掏出一捆钞票，"照好了，这个归你。"

小外星人看到钞票，动心了，他想："这是一本地球人的图画书，一定很有趣的。"

他就乖乖地让人家拍了照，得了钞票。

钞票上的人头和数字是外星人从没有见过的。他津津有味地看过第一张，又翻到第二张。

怎么搞的，第二张的图画跟第一张一模一样？

他又往下翻，都是一样，一样？？地球人的书真没意思。

小外星人正要扔掉这捆钞票，看见有个大人带着个孩子，孩子一边走一边看着本图画书。小外星人的眼睛睁大了——那孩子一张一张地翻过去，一张和一张都不一样！

小外星人说："还是你们的书好看。"

那大人看了看小外星人手里的钞票，说："你的'书'更好看。这种'书'越厚越好看。"

"那，你肯不肯跟我换？"小外星人把厚厚的一捆钞票递过去。

大人愣了愣，接过钞票，对着太阳仔细照，"嗯，是真的。——儿子，咱跟他换！"

可孩子抱紧他心爱的书。

"别傻啦！"大人一把将书夺下，和小外星人换了钞票，拉了孩子就走。

小外星人站在那里，笑了一下，"到底谁傻？"

他马上打开图画书，一张一张地翻看不同样的图画。

童话之夜

如果有人爱上了在这亿万颗星星中独一无二的一株花，那么，他只要抬头仰望天上的星星，就会感到幸福。

小王子（节选）

[法]圣-埃克苏佩里　盛家科　译

五

每天我都会对小王子有进一步的了解，比如他的星球、他出走的原因及旅途中的遭遇。这些都是他偶尔回忆时慢慢想到的。就这样，第三天我就知道了猴面包树的悲剧。

这一次又是因为羊的事情，突然小王子好像是非常担心地问我道：

"羊吃小灌木，是吗？"

"是的。"

"啊，我真高兴。"

我不明白羊吃小灌木这件事有什么值得高兴的。可是小王子又说道：

"那么，它们也吃猴面包树吗？"

我对小王子说，猴面包树可不是小灌木，而是像教堂那么大的大树；即使是带回一群大象，也吃不了一棵猴面包树。

"一群大象"的想法把小王子逗笑了：

"那可得把这些大象一只、一只地摞起来。"

可他接着聪明地说：

"猴面包树在长大之前，也是很小的。"

"那倒是。可是为什么你想叫你的羊去吃小猴面包树呢？"

他回答道："唉！这还用说！"似乎这是理所当然的事。可是我自己要费很大心劲儿才能弄懂这个问题。

原来，小王子所居住的星球和所有星球一样，有好草也有坏草；因此，也就有益草的种子和毒草的种子，可是种子是看不见的。它们沉睡在泥土里，直到其中的一粒忽然想要苏醒过来。于是它就伸展开身子，开始腼腆地朝着太阳生长，长出一棵可爱的小嫩芽。如果是小萝卜或是玫瑰花的嫩芽，就任它自由地生长。如果是一棵坏苗，一旦被发现，就必须马上把它拔掉。因为在小王子的星球上，有种非常可怕的种子，那就是猴面包树的种子。在那个星球上，这种种子多得成灾。而一棵猴面包树的树苗，如果你太晚发现它，就再也无法把它清除掉。它会遍布整个星球，树根会把星球穿透。如果星球很小，猴面包树却很多，那它就会把整个星球搞得支离破碎。

"这是个纪律问题。"小王子后来向我解释道，"当你早上给自己梳洗完毕后，也要仔细地给星球梳洗，必须按时拔掉所有猴面包树苗。这种树苗小的时候和玫瑰苗差不多，一旦长到可以辨别的时候，就要把它拔掉。这个工作很乏味，但很容易。"

有一天，他劝我用心地画一幅漂亮的图画，好让我们这儿的孩子们对这件事有一个深刻的印象。他还对我说："如果有一天他们外出旅行，这对他们是很有用的。有时候，人们总是习惯把工作推到以后去做，当然这也不算什么，但要把拔猴面包树苗这件事推迟的话，那就非造成大灾难不可。我知道一个星球，上面住着一个懒家伙，他放过了三棵小树苗。"

于是，我按照小王子的话把这个星球画了下来。我从来不大喜欢说教，可是猴面包树的危险，大家都不太了解，对迷失在小行星上的人来说，危险性非常之大，因此这一回，我贸然打破了我的这种不习惯说教的惯例。

我说："孩子们，要当心那些猴面包树呀！"为了让我的朋友们警惕这种危险——他们同我一样长期处在危险之中，却没有意识到它的危险性——我花了很大的功夫画了这幅画。我提出的这个教训意义是很重大的，花点儿时间是很值得的。

你们也许会问，为什么这本书中别的画都没有这幅画那么震撼呢？

答案很简单：别的画我也曾经试图画得好些，但没有成功。而当我画猴面包树时，有一种急切的心情在激励着我。

六

啊！小王子，就这样，我逐渐懂得了你那挥之不去的忧伤。在过去相当长的时间里，你唯一的乐趣就是观赏那夕阳西下的美景。这是我在第四天早晨知道的。你当时对我说道：

"我喜欢看日落。我们去看一回日落吧！"

"那我们得等一会儿。"

"等什么？"

"等太阳下山啊。"

你先是很惊讶，随后，你笑着说自己糊涂。你对我说："我总以为是在我的星球呢！"

确实，大家都知道，美国是正午时分的时候，法国却是夕阳西下，只要在一分钟内能从美国赶到法国，你就可以看到日落。可惜美国离法国是那么遥远。而在你那样的小行星上，你只要把椅子挪动几步就行了。这样，你便随时可以看到夕阳美景。

"有一天，我看过四十三次日落。"你告诉我说。

过了一会儿，你又说："你知道，当人们觉得难过时，总是喜欢日落的。"

"一天四十三次，你怎么会这么难过？"

小王子没有回答。

七

第五天，多亏了那只羊，把小王子的身世秘密向我揭开了。那天，他默默地思索了很久以后，突然得出了什么结果一样，没头没脑地问我："羊，要是吃小灌木，它是不是也吃花？"

"它什么都吃。"

"那有刺的花也吃吗？"

"有刺的也吃！"

"那么刺有什么用呢？"

我不知道该怎么回答。当时我正忙着要从发动机上卸下一颗拧得太紧的螺丝。我发现机器故障似乎很严重，水也快喝完了。我担心可能发生最坏的情况，心里很着急。

"那么刺有什么用呢？"

小王子一旦提出了问题，便不会罢休。这个该死的螺丝使我很恼火，于是我便随便说了句："刺啊，什么用都没有，这纯粹是花的恶劣表现。"

"噢！"

可是他沉默了一会儿之后，不高兴地说："我不信！花是弱小的、淳朴的，它们总是设法保护自己，把自己的刺当作最可怕的武器。"

我默不作声。我当时想的只是，如果这个螺丝再和我作对的话，我就一锤子敲掉它。

但小王子再一次打断我的思绪："你却认为花——"

"算了吧，算了吧！我什么也不认为！我就是随口那么一说。我可有正经事要做。"

他惊讶地看着我，说：

"正经事？"

他看着我手上的锤子，手指沾满了油污，伏在一个在他看来很丑的机件上。

"你说话就和那些大人一样！"

这话叫我有点儿难堪。跟着他冷冷地说："你什么都分不清，你把什么都混在一起！"他真的很生气。

"我知道一个星球上住着一个红脸先生，他从来没有闻过一朵花，也从来没有看过一颗星星。他没有喜欢过任何人。除了算账以外，他什么都不会做。他整天同你一样老是说：'我有正经事，我是个严肃的人。'这使他傲气十足。但他不是人，他是个蘑菇！"

"是个什么？"

"是个蘑菇！"

小王子当时气得脸色发白。

"花儿长刺已经长了几百万年，羊吃花也吃了几百万年。要搞清楚为什么花儿费那么大劲儿给自己制造没有什么用的刺，难道这不算是正经事？难道羊和花之间的战争不重要？这难道不比那个大胖子红脸先生的账目更重要？如果我认识一朵人世间独一无二的花，只有我的星球上有它，别的地方都没有，而一只小羊糊里糊涂就这样把它一下子吃掉了，这难道不重要？"

他气得脸发红，然后又接着说道：

"如果有人爱上了在这亿万颗星星中独一无二的一株花，那么，他只要抬头仰望天上的星星，就会感到幸福。他可以对自己说：'我的那朵花就在其中的一颗星星上。'但是如果羊吃掉了这朵花，对他来说，好像所有的星星一下子全都熄灭了一样！这难道也不重要吗？！"

他再也说不下去了，突然泣不成声。

夜幕已经降临。我放下手中的工具，把锤子、螺钉、饥渴、死亡，全都抛诸脑后。在一颗星球上，在一颗行星上，在我的地球上有一个小王子需要安慰！我把他抱在怀里，轻轻地摇着他，说：

"你爱的那朵花没有危险，我给你的小羊画一个罩子，我给你的花画一副盔甲，我——"

我也不太知道该说些什么。我觉得自己太笨了。我不知道怎样才能达到他的境界，怎样才能再进入他的境界。

泪水的世界多么神秘啊！

八

很快我就知道了更多关于这朵花的事。

原来，在小王子的星球上，过去一直都生长着一些很简单的花，它们只有一层花瓣，非常小，一点儿也不占地方，从来也不会去打搅任何人。它们早晨在草丛中开放，晚上就凋谢了。可是有一天，不知道从哪里飞来一颗种子，忽然就发了芽。小王子精心地照顾着这棵与众不同的小苗：这东西说不定是一种新的猴面包树。

但是，这小苗不久就不再长了，准备开出一个花朵。看到在这棵苗上长出了一个很大很大的花蕾，小王子觉得这个花苞中一定会出现一个奇迹，然而，这朵花藏在她那绿茵茵的房间精心地打扮着自己。她细心地选择着她未来的颜色，慢慢腾腾地装饰着，一片片地搭配着她的花瓣，她可不愿像罂粟花那样一出世就满脸皱纹，她要让自己带着光艳夺目的丽姿来到这世上。

是的，她是多么娇艳啊。她神秘地装扮了好多天，然后，在一天的早晨，太阳升起的时候，她开放了。

她已经精细地做了那么长的准备工作，却打着哈欠说道：

"对不起，我刚刚睡醒，瞧我的头发还是乱蓬蓬的。"

小王子这时再也控制不住自己的爱慕心情：

"你真是美极了！"

"是吧，我是与太阳同时出生的。"

小王子看出了这花儿不太谦虚，可是她实在是很动人。

她随后又说道："吃早点的时间到了，请你也想着给我准备一点儿。"

小王子有些不好意思，于是就拿起喷壶，打来了一壶清清的凉水，浇灌着花儿。

但是，这朵花很快就以她那有点儿敏感的虚荣心开始折磨小王子了。例如，有一天，她谈到她身上长的四根刺：

"老虎，让它张着爪子来吧！"

小王子顶了她一句："我们星球上没有老虎，而且，老虎是不会吃草的。"

花儿低声说道："我并不是草。"

"真对不起。"

"我并不怕老虎，可我怕风。你有没有屏风？"

小王子思忖着："怕风，这对一株植物来说，可真糟糕，这朵花儿真不大好伺候。"

"晚上你得把我保护好。你这地方太冷了，在这里住一点儿都不好，我原来住的那个地方——"

她没有继续说下去。她来的时候是粒种子，她根本没见过什么别的世界。她撒了不太高明的谎话，她有点儿羞怒，咳嗽了两三声，引开小王子的注意。

"屏风呢？"

"你刚才说话的时候，我正要去拿。"

于是花儿放开嗓门儿咳嗽了几声，依然要使小王子后悔自己的过失。

尽管小王子非常爱这朵花，可是，这一来，却使他不大相信她了。小王子对一些无关紧要的话看得太认真，结果使自己很苦恼。

有一天他告诉我说："我不该听信她的话，人们绝不该听信那些花儿的话，只需要欣赏欣赏，闻闻她们的香味就得了。我的那朵花使我的星球芳香四溢，可我不会享受它。关于老虎的事，本应该使我心生怜悯，却反而使我恼火。"

他还告诉我说：

"我那时什么也不懂！我应该根据她的行为来判断她，而不是根据她的话。她使我的生活变得多姿多彩，我真不该离开她自己跑出来。我本应该想到她那令人爱怜的花瓣后面所隐藏的深情。花儿是多么自相矛盾！我当时太年轻了，还不懂得怎样去爱她。"

九

我想小王子大概是利用一群候鸟迁徙的机会跑出来的。临走的那天早上，他把他的星球收拾得整整齐齐，还把活火山打扫得干干净净。他有两座活火山，热早点很方便。他还有一座死火山，他也把它打扫得一尘不染。他想，说不定它还会活动呢！打扫干净了，它们就能慢慢地有规律地燃烧，而不会突然爆发了。火山爆发就跟烟囱喷火的原理一样。

地球上的我们太渺小了，不能打扫火山，所以火山会给我们带来很多麻烦。

小王子还把剩下的最后几株猴面包树苗全拔了。他有点儿沮丧。他以为他再也不会回来了。所以，这些日常劳动使他感到特别亲切。

当他最后一次浇花时，准备把她放在玻璃罩下面。他眼泪都要掉下来了。

"再见了。"他对花儿说道。

可是花儿并没回答。

"再见了。"他再次说。

花儿咳嗽了几声，但并不是由于感冒。

她终于对他说道："我太傻了，请你原谅我，希望你能幸福。"

花儿没有抱怨他，他感到很惊讶，他举着罩子，不知所措地伫立在那里。他不明白她为什么会这样温柔恬静。

"是的，我爱你。"花儿对他说道，"没让你知道，都是我的过错，但这已经不重要了。不过，你也和我一样的傻，希望你今后能幸福。把罩子放在一边吧，我用不着它了。"

"要是风来了怎么办？"

"我的感冒并不是很严重，夜晚的凉风对我倒有好处。我是一朵花。"

"要是有虫子野兽呢？"

"如果我连两三只毛虫都承受不了，又怎样和蝴蝶做朋友呢？况且，除了蝴蝶和毛虫，谁还会来看我呢？你就要到远处去了。至于说大动物，我才不怕它们，我有刺。"

于是她天真地显露出她那四根刺，随后又说道：

"别这么拖拖拉拉了。真烦人！你既然决定离开这儿，那么，快走吧！"

她不想让小王子看见她哭，她是一朵非常骄傲的花。

牵手阅读

　　《小王子》是圣－埃克苏佩里创作的一部经典童话作品，自问世以来就深受读者喜爱。主人公小王子是一个来自外星球的孩子，他居住在一颗只比他大一丁点儿的星球上。他因为和自己心爱的玫瑰花争吵而负气出走，先后来到了几个不同的星球，遇到了国王、爱慕虚荣者、酒鬼、商人、点灯人和地理学家，然而各种见闻却使他忧伤。接着，他来到了地球，不巧的是，他落到了撒哈拉沙漠上。在这里，他遇到了小狐狸，并用耐心驯服了它，和它成为好朋友。随后，小王子在撒哈拉沙漠遇到了因飞机失事而遇险的飞行员，并和他一起找到了生命的泉水。最后，小王子在蛇的帮助下回到了他的B612号星球上，至少，是心灵回到了他的B612号星球上。《小王子》这部童话情节生动曲折，语言通俗晓畅，具有很强的可读性，是一部充满哲理和诗意的童话。

夜莺与玫瑰

[英]王尔德　林徽因　译

"她说只要我为她采得一朵红玫瑰，便与我跳舞，"青年学生哭着说，"但我的花园里何曾有一朵红玫瑰？"

橡树上的夜莺在巢中听见了，从叶丛里往外望，心中诧异。

"我的园子中并没有红玫瑰，"青年学生的眼里满含泪珠，"唉，难道幸福就寄托在这些小东西上面吗？古圣贤书我已读完，哲学的玄奥我已领悟，然而就因为缺少一朵红玫瑰，生活就如此让我难堪吗？"

"这才是真正的有情人，"夜莺叹道，"以前我虽然不曾与他交流，但我却夜夜为他歌唱，夜夜将他的一切故事告诉星辰。如今我见着他了，他的头发黑如风信子花，嘴唇犹如他想要的玫瑰一样艳红，但是感情的折磨使他的脸色苍白如象牙，忧伤的痕迹也已悄悄爬上他的眉梢。"

青年学生又低声自语："王子在明天的晚宴上会跳舞，我的爱人也会去那里。我若为她采得红玫瑰，她就会和我一直跳舞到天明。我若为她采得红玫瑰，将有机会把她抱在怀里。她的头，在我肩上枕着；她的手，在我掌心中握着。但花园里没有红玫瑰，我只能寂寞地望着她，看着她从我身旁擦肩而过，她不理睬我，我的心将要粉碎了。"

"这的确是一个真正的有情人，"夜莺又说，"我所歌唱的，正是他的痛苦；我所快乐的，正是他的悲伤。'爱'果然是非常奇妙的东西，比翡翠还珍重，比玛瑙更宝贵。珍珠、宝石买不到它，黄金买不到它，因为它不是在市场上出售的，也不是商人贩卖的东西。"

青年学生说："乐师将在舞会上弹弄丝竹，我那爱人也将随着弦琴的音乐声翩翩起舞，神采飞扬，风华绝代，连步都不曾着地似的。穿着华服的少年公子都艳羡地围着她，但她不跟我跳舞，因为我没有为她采得红玫瑰。"他扑倒在草地里，双手掩着脸哭泣。

"他为什么哭泣呀？"绿色的小壁虎竖起尾巴从他身前跑过。

蝴蝶正追着阳光飞舞，也问道："是呀，他为什么哭泣？"

金盏花也向她的邻居低声探问："是呀，他到底为什么哭泣？"

夜莺说："他在为一朵红玫瑰哭泣。"

"为一朵红玫瑰吗？真是笑话！"他们叫了起来，那小壁虎本就刻薄，更是大声冷笑。

然而夜莺了解那青年学生烦恼的秘密，她静坐在橡树枝上，细想着"爱情"的玄妙。忽然，她张开棕色的双翼，穿过那如同影子一般的树林，如同影子一般地飞出花园。

青青的草地中站着一棵艳美的玫瑰树，夜莺看见了，向前飞去，歇在一根小小的枝条上。

她对玫瑰树说："能给我一朵鲜红的玫瑰吗？我为你唱我最婉转的歌。"

那玫瑰树摇摇头。

"我的玫瑰是白色的，"那玫瑰树回答她，"白如海涛的泡沫，白如山巅上的积雪，请你到日晷旁找我兄弟，或许他能答应你的要求。"

夜莺飞到日晷旁边那棵玫瑰树上。

她又叫道："能给我一朵鲜红的玫瑰吗？我为你唱我最醉人的歌。"

那玫瑰树摇摇头。

"我的玫瑰是黄色的，"他回答她，"黄如琥珀座上美人鱼的头发，黄如盛开在草地未被割除的水仙，请你到那个青年学生的窗下找我兄弟，或许他能答应你的要求。"

夜莺飞到青年学生窗下那棵玫瑰树上。

她仍旧叫道："能给我一朵鲜红的玫瑰吗？我为你唱我最甜美的歌。"

那玫瑰树摇摇头。

他回答她说："我的玫瑰是红色的，红如白鸽的脚趾，红如海底岩下蠕动的珊瑚。只是严冬已冰冻我的血脉，寒霜已啮伤我的萌芽，暴风已打断我的枝干，今年我不能再次盛开了。"

夜莺央告说："一朵红玫瑰就够了，我只要一朵红玫瑰呀，难道没有其他法子了？"

那玫瑰树答道："有一个法子，只有一个，但是太可怕了，我不敢告诉你。"

"告诉我吧，"夜莺勇敢地说，"我不怕！"

"方法很简单，"那玫瑰树说，"你需要的红玫瑰，只有在月色里用歌声才能使她诞生；只有用你的鲜血对她进行浸染，才能让她变红。你要在你的胸口插一根尖刺，为我歌唱，整夜地为我歌唱，那刺插入你的心窝，你生命的血液将流进我的心房。"

夜莺叹道："用死来买一朵红玫瑰，代价真不小，谁的生命不是宝贵的？坐在青郁的森林里，看那驾着金马车的太阳、月亮在幽深的夜空驰骋，是多么的快乐呀！山楂花的味儿真香，山谷里的桔梗和山坡上的野草真美，然而'爱'比生命更可贵，一只小鸟的心又怎能和人的心相比呢？"

忽然她张开棕色的双翼，穿过那如同影子一般的花园，从树林子里激射而出，冲天飞去。

那青年学生仍旧僵卧在方才她离去的草地上，一双美丽的秀眼里，泪珠还没有干。

"高兴吧，快乐吧，"夜莺喊道，"你将要采到那朵红玫瑰了。我将在月光中用歌声来使她诞生，我向你索取的报酬，仅是要你做一个忠实的情人。因为哲理虽智，爱却比她更慧；权力虽雄，爱却比她更伟。焰光的色彩是爱的双翅，烈火的颜色是爱的躯干，她的唇甜如蜜，她的气息香如乳。"

青年学生在草丛里抬头侧耳静听，但是他不懂夜莺所说的话，只知道书上所写的东西。

那橡树却是明白了，悲伤蔓延在他的心头，他非常怜爱在树枝上结巢的小夜莺。他轻声说："唱一首最后的歌给我听吧，你离去后，我将会感到无限的寂寞。"

于是夜莺为橡树歌唱，婉转的音调就像银瓶里涌溢的水浪一般清越。

唱罢过后，那青年学生站起身来，从衣袋里掏出一本日记簿和一支笔，一边往树林外走，一边自语道："那夜莺的样子生得确实很漂亮，这是不可否认的，但是她有感情吗？我怕没有！她其实就像许多美术家一般，尽是表面的形式，没有诚心的内涵，肯定不会为别人而牺牲。她所想的无非是音乐，可是谁不知道艺术是自私的。虽然，我们总须承认她有醉人的歌喉，可惜那种歌声是毫无意义的，一点也不实用。"

他回到自己房间，躺在小草垫上，继续想念他的爱人，过了片刻就熟睡过去。

待月亮升上天空，月光洒向宁静的大地，夜莺就飞到那棵玫瑰树上，将胸口压向尖刺。疼痛顿时传遍她的身躯，鲜红的血液从体内流了出来。她张开双唇，开始整夜地歌唱起来，那夜空中晶莹的月亮，也倚在云边静静地聆听。

她整夜地，啭着歌喉，那刺越插越深，生命的血液渐渐溢去。

她最先歌唱的，是少男少女心里纯真的爱情，唱着唱着，玫瑰枝上开始生长一苞卓绝的玫瑰蕾，歌儿一首接着一首地唱，花瓣一片跟着一片地开。起先那花瓣是黯淡的，如同河上笼罩的薄雾，如同晨曦交际的天色，那枝上的玫瑰蕾，就像映在银镜里的玫瑰花影子，映照在池塘的玫瑰倒影。

但是那玫瑰树还再催迫着夜莺往自己的身子紧插那根刺。

"靠紧一些，小夜莺呀，"那树连声叫唤，"不然，玫瑰还没盛开，黎明就要来临了！"

夜莺赶紧把尖刺插得更深，悠扬的歌声更加响亮。她这回所歌颂的是成年男女心中热烈如火的爱情，唱着唱着，玫瑰瓣上生长出一层娇嫩的红晕，如同初吻新娘时新郎的绛颊。只是那刺还未插到夜莺的心房，玫瑰花的花心尚留着白色，只有夜莺的心血才可以把玫瑰的花心彻底染红。

那树又催迫着夜莺往自己的胸口紧插那根刺。

"靠紧一些，小夜莺呀，"那树连声叫唤，"不然，玫瑰还没盛开，黎明就要来临了！"

夜莺赶紧把刺又插深一些，深入骨髓的疼痛传遍她的全身，玫瑰花刺终于刺入她的心房。那挚爱和冢中不朽的爱情呀，卓绝的白色花心如同东方的天色，终于变作鲜红，花的外瓣红如烈火，花的内心赤如绛玉。

夜莺的声音越唱越模糊，她拍动着小小的双翅，眼睛蒙上一层灰色的薄膜。她的歌声越来越模糊，觉得喉咙里有什么东西哽咽住似的。

但她还是唱出最后的歌声，白色的残月听见后，似乎忘记了黎明，在天空踌躇着。那玫瑰花凝神战栗着，在清冷的晓风里瓣瓣开放。回音将歌声领入山坡上的暗紫色洞穴，将牧童从梦里惊醒过来。歌声流入河边的芦苇丛中，苇叶将信息传与大海。

那玫瑰树叫道："看呀，看呀，这朵红玫瑰生成了！"

然而夜莺再也不能回答，她已躺在乱草丛中死去，那尖刺还插在她的心头。

中午时分，青年学生打开窗户，忽然，他惊呆了。

"怪事，今天真是难得的幸运，这儿居然有朵红玫瑰！"他叫着，"如此美丽的红玫瑰，我从来没有见过，她一定有个很繁长的拉丁名字。"便俯身下去，把红玫瑰采摘下来，然后戴上帽子，手里拈着玫瑰花，往教授家跑去。

教授的女儿正坐在门前卷着一轴蓝色绸子，一只温顺的小狗伏在她脚边。

青年学生叫道："你说过，我若为你采得红玫瑰，你便同我跳舞。这里有一朵全世界最珍贵的红玫瑰，你可以将她插在你的胸前，我们同舞的时候，这花便会告诉你，我是怎样地爱你。"

但那女郎却皱着眉头。

她说："我怕这花儿配不上我的衣服吧，而且大臣的侄子送我许多珠宝首饰，人人都知道珠宝比花草要贵重得多。"

青年学生傻了，这就是爱情的真相吗？失望顿时占据了他的整个心神。

"你简直是个无情无义的人。"他怒道，将红玫瑰掷在街心，一个车轮从红玫瑰上面辗过。

"无情无义？"女郎说，"我告诉你吧，你实在无礼，况且你到底是谁啊？不过一个学生文人，我看像大臣侄子鞋上的那种银纽扣，你都没有。"说完就站起身走进屋子。

青年学生懊恼地走着，自语道："爱情是多么无聊啊，远不如伦理学实用。它所告诉人们的，全是空中楼阁与缥缈虚无的幻想。在现实的世界里，首要的是实用，我还是回到我的哲学和玄学书上去吧！"

他回到房中，取出一本笨重的、满堆着尘土的大书，埋头细读起来。

有爱的世界才温暖

等放了学，我一定要、一定要躲到那个小树林子里，给乡下的爷爷写一封信，一封长长的、像凡卡写的那样的信。最后，我完完整整地写上爷爷家里的地址，我知道那个地址。

心　声

黄蓓佳

已经打过放学铃了。坐在窗口的京京稍稍一侧脸，就看见了背着书包往校门口走的同学们。大家都下课，就是他们班还不下课。程老师总喜欢拖那么几分钟，好像这样就能让全班都考一百分似的。

"李京京！注意力集中！"

一声呵斥，京京吓了一跳，赶紧扭回脸来。

程老师的目光不满地盯住他。

程老师是个二十多岁的姑娘，头发剪得短短的，眉毛也是粗粗黑黑的，嘴巴棱角分明，模样有点像男孩子。连她的说话、手势、走路，也都有那么一股斩钉截铁的劲儿，一看就知道是个认真、好强又有点自信的人。

"大家都注意听，这件事很重要。"程老师屈起食指轻轻敲着讲台。"区教育局第一次在我们班组织公开教学课，这关系到全校的荣誉问题，昨天发下去的讲义，你们都看了吗？"

讲义上印的是一篇小说《凡卡》，俄国作家契诃夫写的。京京看了好几遍。这个故事他喜欢极了。那个穷苦的、可怜的小人儿凡卡，不知怎么，总是缠在他心上，弄得他一整天都有点儿神情恍惚。

程老师的目光在全班同学脸上扫了一遍："课上要求大家表情朗读。大家把讲义拿出来。"

一阵窸窸窣窣的声音，每个人都拿出讲义，端端正正摆在面前。

"那天由这几个同学朗读。林蓉，你读第一段。赵小桢，从'亲爱的爷爷……'读到'仿佛人们为了过节拿雪把它洗过、擦过似的'。周海，你从……"程老师一共点了六个同学的名，然后说，"上课时，我说'表情朗读课文'，你们就举手。一个一个顺序来。别的同学呢，听的时候坐得端正一些就行了。"

京京在座位上不安地扭动着身子，眼巴巴地望着老师，仿佛想说什么。

"李京京，又是你不定神。"程老师皱起眉头。

京京脸一红，低下了头。可是随即又抬起头来，并且举了举手。

"什么事？"

京京站起来，结结巴巴地说："老师，我能……念一段吗？"

"不行，"程老师干干脆脆地回答，"不行。你的嗓子沙哑得厉害，念不好。"

京京垂下头。他多么喜欢这个故事啊！他真想念一段，哪怕是几行字的那么一小段呢！他准能念好。朗读课文难道一定要唱歌的嗓子吗？

回家的路上，路过一片小树林子。树林子里静悄悄的，远远近近都不见行人。京京心跳起来，忍不住倚在一棵树上，又从书包里拿出那份讲义。讲义是新近印出来的，油墨味儿还是那么浓，那么香，真好闻。他选了一段，轻轻地念出声来：

"'亲爱的爷爷康司坦丁·玛卡里奇！'他写道，'我在给您写信。祝您过一个快乐的圣诞节，求上帝保佑您。我没爹没娘，只剩下您一个人是我的亲人了。'……"

京京叹了一口气，走起神来。讲义从他的手指间滑落，飘在地上，他没有发觉，一动不动。他也有一个乡下的爷爷。小时候，他是在爷爷那儿长大的。爷爷有一根光亮光亮的水烟袋，一抽烟，就喊："火！"京京赶紧拿来纸捻子，点着火，递到爷爷手上。爷爷"噗"一声把火吹燃，然后"咕噜噜，咕噜噜"抽上几口，深深吸进一口气，又长长地吐出来，好像美得不行。抽过了瘾，爷爷放下水烟袋，一把将京京揽在怀里，开始说："从前有个财主，雇了两个兄弟在家当长工……"到了夏天，晚上，爷爷搬一把竹椅到打谷场上乘凉，京京像个小狗似的蜷在他旁边。爷爷指着天空说："看见了吗？发亮的带子是银河。王母娘娘不让牛郎织女会面，拔下头上的簪子，嗤地一划，就成了这条宽不见边的大河……"

后来京京长大了，妈妈说要让他到城里来上学，他就再没见过爷爷。可是爸爸妈妈总吵架，总吵架。一吵起来，妈妈总是打他，一边哭一边打，他害怕极了。他不喜欢这个家，总是想念乡下的爷爷。就像可怜的小凡卡盼望爷爷接他回家一样，京京也盼着爷爷哪一天来看看他。这个凡卡写的信多好啊！京京还没有给爷爷写过信，他不知道自己能写成什么样子。

他从地上捡起讲义，又挑了一段往下念："亲爱的爷爷，老爷家里有挂着礼物的圣诞树的时候，替我摘下一颗金色的胡桃，收藏在我的丝匣子里头。问奥尔迦·伊格纳捷芙娜小姐要，就说是给凡卡的……"

这么说，这个叫"奥尔迦"的女孩子一定跟凡卡挺要好了？京京以前也有个好朋友，叫妮儿，就住在爷爷家对门。妮儿有一双特别黑特别黑的眼睛，一笑，那双眼睛就眯缝起来，带着点狡猾的神气。她总是领了京京去摘桑果吃，她会爬树，双手一扯一扯，爬得飞快，跟猴子似的。她让京京在树下举着篮子，她坐在树上一把一把摘下桑果，扔进篮子里。然后，两人坐在河边的水码头上，把脚丫子浸在水里，痛痛快快地吃桑果，吃得嘴唇和牙齿黑紫黑紫的。

哦，多叫人怀念的事，跟凡卡信里写得多像多像啊！京京甚至想象得出凡卡写信时的心情，那种期待、盼望、急切的心情。要是老师准许他读一段课文，他一定能读好，一定的。他真想大声地读一段，用上全部感情去读，这是个多好的故事！

他抬起头，往四面望了望。林子里静悄悄的，两只小蜜蜂在附近嗡嗡地飞。他咽了一口唾沫，把讲义举在面前，终于大声地从头念了起来：

"三个月前，九岁的男孩凡卡·茹科夫被送到鞋匠阿里亚希涅这儿来做学徒……"

声音是不太好听，有点沙哑，有点毛毛刺刺的。可是公开教学课难道是上台表演吗？嗓子不好的人，就只能躲在树林子里读他喜欢的课文吗？京京心里难受极了。

第二天放学后，程老师让那指定的六个同学留下来，各人把自己的一段课文反复读了几遍。她因为要备课，先到办公室去了，说一会儿再来"过关"。

京京刚走出教室，琅琅的读书声就从背后追了上来。京京心里痒痒的，忍不住又折回去，趴在教室的窗户外面听。

胖胖的赵小桢读的是第二段。她平常的声音又脆又甜，很好听。但是只要一读书，她读出来的调子总是软软的，奶声奶气的，好像写信的不是穷孩子凡卡，而是个爱撒娇的小姑娘。

"亲爱的爷爷康司坦丁·玛卡里奇……我没爹没娘，只剩下您一个人是我的亲人了！"

不，不是这样的。京京听着，在心里说，不是这样的。凡卡不是个娇滴滴的小姑娘，他那时才九岁，一个人孤零零地在城里当学徒，吃不饱，还要挨打，他伤心极了，盼望爷爷去救他，他是在恳求，在哭诉，绝不该有这种撒娇的腔调。

赵小桢还在往下念，还是那样软绵绵、奶声奶气的。

"不是这样的！"京京终于叫出来。

屋里的朗读声一下子停了，六个人都吃惊地望着他。

"你说什么？"赵小桢惊讶地问。

京京有点儿发窘。也许，是他自己理解错了呢？他嘟嘟囔囔地说："读得不对。"

"什么呀！"赵小桢撇撇嘴，"你又不是老师，怎么知道我们读得不对？"

对呀，只有老师才有资格说这个话。要是程老师说："不对。"那就是真的错了。京京说的又算个什么呢？

京京红着脸，固执地嘟囔着："不对，不对。"

屋里的同学全都哄笑起来。赵小桢尖起嗓子说："得了吧，老师不让你读，你就说人家不对。你在妒忌。"

京京气得要命。怎么能这么说呢？他虽然心里挺难受，可是一点儿也没想到妒忌别人。他可不是那种小心眼儿的人。

"好吧。"他在心里想，"谁爱怎么读就怎么读，我不管了。"

他委屈地离开教室。走出好远，他还听见赵小桢银铃儿似的笑声。

到了上公开课的那天，教室里前前后后都摆满了椅子，足足有二三十个老师和同学们挤在一间教室里。很多同学心里慌得不行，眼睛也不敢朝黑板看。程老师倒是不怕，打开课本就开始讲课。先讲契诃夫的生平、成就，再挑出几个生字、生词教了几遍。接着她说："下面请同学们表情朗读课文……"

按照事先的布置，当然只有林蓉一个人举了手。其他同学动都不动。光那阵势就把人吓傻啦！谁敢瞎充好汉呢？

林蓉从容不迫地朗诵了第一段。她读得很流畅，很清楚，程老师满意极了，连连点头，眉里眼里都是笑。

读完这一段，老师一摆手，林蓉就坐下了。下面该是赵小桢。

可是，过了好几秒钟也没有动静。京京觉得奇怪，抬头往赵小桢那儿一看，她满脸通红，慌乱地盯着面前的讲义，旁边的同学拿手拐子捅她，她却怎么也不肯抬起眼睛。她一定害怕得厉害。是啊，这么多老师看着呢，万一——慌，读得结结巴巴，多难为情！京京心里倒有点可怜起她来。

程老师脸上有点发白。她严厉地咳嗽了一声，赵小桢还是没有举手。全班都没有人举手。事先说好了的呀！

京京在座位上不安地扭动着身子。他真想站起来。可是，如果举了手，程老师会喊他吗？课后赵小桢会不会嘲笑他？他真想念。不是要出风头，是心里有种憋了很久的感情，想痛痛快快念出来，吐出来。

他咬紧了嘴唇，郑重地举起右手，眼睛一眨不眨地望着程老师。

程老师有点慌乱了。她的目光在全班同学脸上扫了一遍，想鼓励更多的人举手，可是，仍然只有一个李京京，这个声音沙哑的李京京。她只好说了声："李京京，请你接下去读。"

"亲爱的爷爷康司坦丁·玛卡里奇！"京京大声地、充满感情地念着："我在给您写信。祝您过一个快乐的圣诞节，求上帝保佑您……"

要是他真给爷爷写了信，爷爷一定高兴得要命吧？爷爷的水烟袋还是那么光亮光亮吗？他在给谁讲"长工和财主的故事"呢？还有妮儿，黑眼睛的、会爬树的妮儿，她跟谁坐在一块儿吃桑果？他真想念他们，他愿意离开城里的家，回到乡下爷爷那儿去，一辈子不回来。一辈子！

"'……亲爱的爷爷，发发慈悲吧，带我离开这儿回家去，回到我们村子里去吧，我再也受不了啦……我给您跪下了，我会永远为您祷告上帝，带我离开这儿吧……'凡卡嘴角撇下来，拿脏手背揉揉眼睛，抽噎了一下。"

两颗晶亮的泪珠从京京眼睛里涌出来，"吧嗒"一声落在手里的讲义上，声音那么响，把他自己都吓了一跳。他立刻停止了朗读，惊慌地往四下里看了看，还好，没有人在笑话他，大家的神情都那么专注和认真。他稍稍地松了口气，这才发现，自己早已经念过了赵小桢的那一段，几乎把周海的一段也念完了。他想跟程老师道个歉，请老师原谅，可是心里难受得要命，什么话也说不出来。这个小小的可怜的"凡卡"，不知不觉中把他的魂儿都抓走了。老天爷，写故事的人真有本事！

他叹了口气，悄悄地坐了下来。教室里一片寂静，静得能听见赵小桢轻轻抽泣的声音。过了好一会儿，程老师从讲台上走下来，走到他面前，声音发颤地说："李京京，请你……把课文全部读完吧。"

他又站起来了，沙哑着嗓子，一字一句地、充满感情地念着这个动人的故事。他心里在想：等放了学，我一定要、一定要躲到那个小树林子里，给乡下的爷爷写一封信，一封长长的、像凡卡写的那样的信。最后，我完完整整地写上爷爷家里的地址，我知道那个地址。

窝囊的发明

张之路

晚上十点半。

徐弯弯正在狼狈地用铅笔抄字词。老师布置的作业是一个生词抄二十遍，一共是二十个生词，抄的速度越来越慢，最后她趴在桌上睡着了。

迷迷糊糊的，她眼前出现一只大手，正拿着什么蘸着涂料刷墙。那是他们家刚刚分了新房子的时候，屋子里的装修还不错，就是墙上有些地方有点脏。妈妈皱起眉头。爸爸说往墙上刷涂料的活儿很容易，不用再另找工人，于是自己买了一桶涂料说干就干。

徐弯弯看着爸爸手中的工具问："爸爸，这是什么刷子啊？"

爸爸说："这不叫刷子，这叫排笔——不过，现在很少有人用了，是我从工具箱里找到的。"

徐弯弯仔细看着，可不是吗？就是一支支的毛笔排在一起嘛！不过蘸的"墨汁"是白的就是了。

徐弯弯不困了。心想，我要是有支"排笔"就好了。她从柜子、笔筒和铅笔盒里找出许多铅笔，试图用皮筋把它们捆成"排笔"。铅笔可不那么听话，每次"试验"到最后，铅笔都变成了"一捆"。徐弯弯懊丧地拍拍脑门。

徐弯弯把自己的想法告诉了爸爸，爸爸居然很感兴趣。星期天，趁着妈妈去参加老同学聚会的机会，爸爸和徐弯弯准备"大干"一场。

吃饭的桌子上摆满了铅笔、胶条、小钉子、小锯条、小木条等材料和工具。

徐弯弯在爸爸的帮助下正在"研制"如何将铅笔组成"排笔"。

爸爸在作业本上用尺子量了量说："徐弯弯，本子上行与行的距离是八毫米，笔尖和笔尖之间的距离也要是八毫米，五支铅笔怎么样？"

徐弯弯想了一下，用手比了比说："四支铅笔就够了，多了就不好用了。"

经过半天的奋斗，"排笔"终于做成了。关键是那两个卡住四支铅笔的卡子。

星期一上学的时候，徐弯弯看看左右没人，神秘地拿出她的"排笔"递给她的同桌——一个瘦瘦小小的名字叫卞白的男同学看，"喂！这叫快速书写器，书写速度是普通笔的四倍。"

卞白接过"排笔"立刻在自己的本子上试验起来。

没有料到坐在他们后排的副班长李见吉正在伸着脖子偷偷地观看。

"哪儿买的?"卞白问。

徐弯弯微笑着摇摇头。

"你的作业都是用这个东西写的吗?"卞白又问。

"不是,爸爸说,这个东西只能玩,不到万不得已的时候不能用!"

第二节下课的时候,班主任方老师突然把徐弯弯叫到办公室。

徐弯弯很奇怪。

老师拿着徐弯弯的语文作业本问徐弯弯:"这是你一笔一画写的吗?"

徐弯弯想了一下说:"是呀!"

"知道老师为什么让你们一个生词写二十遍吗?"

"知道,是为了让我们加深记忆。"

"知道就好。听说你发明了一个什么书写器?"方老师特意在"发明"上加了重音。

徐弯弯愣住了。

"拿来我看看,也让我长长见识。"

徐弯弯知道坏了。可她不知道方老师是怎么知道的。

徐弯弯回到教室,把"书写器"取来交给了老师。

方老师仔细看了看问:"好用吗?"

徐弯弯不敢说话。

方老师自己试了试说："还行，效率肯定能提高。"

徐弯弯有点高兴了，刚要再为老师演示一遍，没有想到，方老师的表情突然变得严肃了，但口气还算平静："你把它叫什么？"

"排笔。"徐弯弯小声说。

方老师摇摇头，"在我看来，这是投机取巧的工具！应该叫懒笔！"

徐弯弯咧咧嘴。

方老师接着说："徐弯弯，我们有些同学干正经事脑子不够用，搞歪门邪道脑子倒是蛮灵的。不但灵，还有富余。我让你们一个生词抄写二十遍，我为了什么，不就是让你们加深记忆吗？如果这样，我们用复印机好了，比这个东西不是更好吗？徐弯弯，你今年是六年级了，马上就要考初中了，知道吗？"

徐弯弯点点头。

"这个东西是你自己做的吗？"

"我在爸爸的指导下做的。"徐弯弯小声说。

方老师很吃惊，"你爸爸帮你做的！你爸爸怎么能帮你做这种东西呢？"

徐弯弯很后悔，她不应该"出卖"爸爸，但为时已晚。

方老师叹了口气说："徐弯弯，我送给你个称号怎么样？"

"什么称号？"

徐弯弯猜测着老师的心理："不会叫我'发明大王'吧，如果是那样就有些夸张了。"

"你猜猜是什么称号？"

"我想不会叫'发明大王'吧？"

方老师冷笑一声说："你还算有自知之明，叫发明大王，你不觉得脸红吗？"

徐弯弯的脸果然红了。

"以后我就叫你新闻干事！"

新闻干事？徐弯弯不明白老师的意图。

"你是一个创造新闻的干事！"

徐弯弯还是不明白。

方老师解释说："小学生创造了一个提高书写效率达四倍的书写器，这不是新闻吗？这个新闻就是你亲自创造的，你是创造新闻的干事！"

回到教室，徐弯弯问卞白："是不是你跟老师说的？"

卞白拼命地摇头。

李见吉在后面肆无忌惮地哼起了歌，可见他得意的程度。

晚饭的时候，徐弯弯和爸爸都像小学生一样站在那里听妈妈"训话"。不同的是徐弯弯低着头看地，爸爸抬着头看天。

妈妈说："你们干正经事脑子不够用，搞歪门邪道脑子倒是蛮灵的。不但灵，还有富余。老师让你们一个生词抄写二十遍，老师为了什么，不就是让你们加深记忆吗？如果这样，我们用复印机好了，比这个东西不是更好吗？"

徐弯弯知道方老师一定给妈妈打电话了，妈妈说的话都和老师说得一模一样。徐弯弯忍不住插嘴："妈妈，我知道你下面要说什么了。"

妈妈问："说什么？"

徐弯弯学着妈妈的口气说："徐弯弯，你今年是六年级了，马上就要考初中了。"

妈妈打断她："徐弯弯，你不要耍贫嘴。"说着她用手把爸爸拉过来一点，"哎！你是徐弯弯的爸爸，受过高等教育，还是中学老师。你帮助孩子做这样的东西，你就不觉得惭愧吗？你这是帮她还是害她？马上就要考初中了，你心里就不着急吗？"爸爸说："她的时间有限，我就是因为着急，才帮助她做的。"

最后，徐弯弯和爸爸都承认了错误。徐弯弯挨批评比较多，承受能力也比较强。今天唯一让她难过的是，她连累了爸爸。在她的记忆中，为了她，这是妈妈对爸爸最凶的一次。

不料，妈妈还没有完，她一定要徐弯弯和爸爸每人写一份书面检查。徐弯弯的检查要六百字，爸爸的检查要一千字。妈妈还有一句非常残酷的幽默话："用你们的高科技成果来写吧，效率会提高好几倍。"

徐弯弯在自己的小屋里写，爸爸在客厅里写。写着写着，徐弯弯心中有些不忍。她悄悄溜到客厅对爸爸说："对不起，让你跟着受苦了。我替你写吧。"

没有想到，爸爸却笑眯眯地看着她说："没关系，你先做作业，我写好了，你抄我的。"

徐弯弯真是好感动。她低头去看爸爸跟前的茶几，一页稿纸已经写满了，题目是：欲速则不达！

本来，做"排笔"的事情就这样窝窝囊囊地过去了。可谁也没有想到一个星期以后的一天，徐弯弯和同班的女生顾小娟走到一家商场的门口，迎面的广告上写着：小学生的福音，八折热销快速书写器！

徐弯弯给吓了一跳，急忙跑到柜台前一看，柜台里居然摆着一排和她与爸爸"发明"的"排笔"一模一样的东西，不过是花花绿绿的，什么颜色的都有，一看就是成批生产的。

徐弯弯几乎要惊呆了：这世界怎么这样啊！

一千名士兵与一个婴儿

佚　名

1996 年 7 月，美国华盛顿州一家杂志社体育栏目的编辑丹尼尔·凯恩收到了一封有一千个叔叔签名的邀请信："孩子，你千万要来参加我们今年 9 月在芝加哥举行的聚会，我们都盼望着你到来——原克鲁兹航空母舰上的一千名老士兵。"

捧着这封信，丹尼尔的眼睛里泪光闪烁，他又想起了养父凯恩给他讲过的一千名士兵与一个婴儿的故事。

那是四十多年前，凯恩是克鲁兹航空母舰的舰长。那时已是战争的第四个年头，交战双方已签订停战协议。四年的战争掏空了士兵们心中所有的热情和活力。他们一个个精疲力竭，闲时常常衣衫不整、胡子不刮在舰上酗酒、赌博。作为舰长的凯恩很为他们痛心，是战争毁了他们的青春年华。

一天，凯恩接到了一家孤儿院负责人菲美娜修女的来信。修女在信中说有一件宝贝要送给凯恩，请他马上去一趟。凯恩收到信后便到孤儿院去了。

当凯恩随修女来到婴儿室外时，不禁怔住了，这个宝贝原来是个男婴。修女告诉他，两个月前，军队供给处一名医务员乔治在外面散步时，发现路边一团报纸裹着一个非常瘦弱的婴儿。这个婴儿大概只有一个月大，显然是个被美国兵抛弃的私生子。这个孩子便是那位医务员捡到后交给修女的。

"噢，真是个可爱的小宝贝！"凯恩伸手抱起孩子。

怀里的孩子确实使这位行伍出身的军人多年来遭受创伤的心灵得到了慰藉。战争使他至今孑然一身，每当他一人独坐时，便觉得心中空荡荡的。然而从他看到这个并不强健的小生命的第一眼起，他枯萎的心灵不禁震颤了。

"舰长，您瞧孩子多可爱呀，可是我们的孤儿院缺衣少食，困难重重，这里的孩子长到十岁就得离开孤儿院自谋生路，何况这个婴儿如此孱弱，孤儿院无法养活他。"菲罗美娜恳求道："您能不能收养这个孩子？"

凯恩对此当然求之不得，然而想到海军军舰上的纪律规定不允许非军事人员留舰，他有些犹豫了。"舰长，这毕竟是个小生命啊！"菲罗美娜再一次恳求。

是啊，孩子是无辜的，这都是战争欠下的孽债！自己作为一名参与了这场战争的军人，对此有不可推卸的责任。终于，他点点头。

　　凯恩将这个男婴抱回舰上，叮嘱舰上的士兵不要传扬出去，他给这瘦弱的男婴取名叫丹尼尔·凯恩。丹尼尔的到来使舰上每个士兵都兴奋无比，连日来，他们一直为孩子偷偷地忙碌着。他们先在舰上腾出一间房子作为婴儿室，并用炮弹箱做成婴儿床和游戏围栏。围栏上挂满了炮弹壳做成的拨浪鼓等玩具，还把床单剪成一尺多长的布片做尿布……在士兵们心中，这个房间就像废墟上开出的一朵小花，是他们心中最圣洁的地方。

　　凯恩惊奇地发现，自从丹尼尔来到舰上后，士兵们渐渐地变了。他们变得讲卫生起来，总是衣冠整齐，胡子刮净了；他们变得文雅了，说起话来彬彬有礼；他们干涸的眼里出现了光泽；他们嘴角常挂着微笑！

　　1953 年 11 月初，凯恩接到了撤退回国的命令，这时他有些犯愁了。因为在国外出生的孩子要进入美国，必须要有护照和大使馆的签证。

　　一千名士兵着急了，他们决定联名写信请求领事馆批准。言辞恳切的信寄出后，一千颗心天天盼着回信。五天后的一个晚饭时分，领事馆终于来信了，回答是简短有力的"同意"二字。

　　1953 年 12 月，克鲁兹号航空母舰载着凯恩舰长、一千名士兵和小丹尼尔终于返回美国。然而，当凯恩抱着丹尼尔迈出婴儿室准备走下舰船时，眼前的景象让他愣住了：一千名士兵沿着船栏排成整整齐齐的两行，列队等候着他们。

　　凯恩抱着丹尼尔，每走过一位士兵，那名士兵便向他"唰"

地敬个军礼，凯恩觉得脚下的路变得很长，他正从战争走向和平。他怀中的婴儿丹尼尔是他及他的一千名士兵在这场战争中的唯一收获，他的眼睛湿润了……

丹尼尔1977年毕业于华盛顿州立大学，获得传播学学位。如今他已结婚成家，居住在华盛顿州的艾夫拉塔镇。

1996年9月16日，一千名老士兵准备在芝加哥重聚一次，他们也邀请了凯恩和丹尼尔参加。

"我们的孩子来了！"聚会那天，那些白发苍苍的老士兵们终于迎来了一位英俊潇洒、身强力壮的年轻人。

聚会时丹尼尔大声说道："没有你们这些好心人，我就不会活在世界上，是你们给了我生命！"

"不！"突然，一个老人站了起来，"其实，我们应该感谢你。那时候，我们觉得前途灰暗，战争使我们除了打仗没有一技之长，我们怀疑即使和平后回到故乡我们也只能成为没有人需要的废人。然而是你让我们认识到自己的作用。试想，一个比我们孱弱几倍的婴儿都渴望生活的机会，我们怎么有权利拒绝生活给我们重新创造的机会呢？"

良久，响起了震耳欲聋的掌声，这掌声充满了生命的活力！

牵手阅读

克鲁兹航空母舰上的一千名士兵的热情被四年的战争掏空了，他们一个个精疲力竭，感到前途灰暗。令人意想不到的是，孤儿丹尼尔·凯恩的出现给他们带来了希望。在承担丹尼尔的抚养责任的同时，士兵们也享受着孩子带来的精神滋养，抚平了战争带来的创伤和战争过后的空虚。丹尼尔感谢士兵们的抚养使他得以继续生存；士兵们感谢丹尼尔帮助他们寻回了生命的价值和生活的信念。我们在感恩中成长，其实，爱与被爱同样幸福。

小人物的悲剧

　　我单知道下雪的时候野兽在山坳里没有食吃，会到村里来；我不知道春天也会有。我一清早起来就开了门，拿小篮盛了一篮豆，叫我们的阿毛坐在门槛上剥豆去。他是很听话的，我的话句句听……

祝　福①

鲁　迅

　　旧历的年底毕竟最像年底，村镇上不必说，就在天空中也显出将到新年的气象来。灰白色的沉重的晚云中间时时发出闪光，接着一声钝响，是送灶②的爆竹；近处燃放的可就更强烈了，震耳的大音还没有息，空气里已经散满了幽微的火药香。我是正在这一夜回到我的故乡鲁镇的。虽说故乡，然而已没有家，所以只得暂寓在鲁四老爷的宅子里。他是我的本家，比我长一辈，应该

---

　　①本文以尊重作者原文为原则，尽力保持鲁迅先生作品原貌，然创作时间久远，现代汉语规范有所变化，请读者阅读时加以留意。

　　②送灶：旧俗以夏历十二月二十四日为灶神升天的日子，在这一天或前一天祭送灶神，称为送灶。

称之曰"四叔",是一个讲理学的老监生 ①。他比先前并没有什么大改变,单是老了些,但也还未留胡子,一见面是寒暄,寒暄之后说我"胖了",说我"胖了"之后即大骂其新党 ②。但我知道,这并非借题在骂我:因为他所骂的还是康有为。但是,谈话是总不投机的了,于是不多久,我便一个人剩在书房里。

第二天我起得很迟,午饭之后,出去看了几个本家和朋友;第三天也照样。他们也都没有什么大改变,单是老了些;家中却一律忙,都在准备着"祝福"。这是鲁镇年终的大典,致敬尽礼,迎接福神,拜求来年一年中的好运气的。杀鸡,宰鹅,买猪肉,用心细细的洗,女人的臂膊都在水里浸得通红,有的还带着绞丝银镯子。煮熟之后,横七竖八的插些筷子在这类东西上,可就称为"福礼"了,五更天陈列起来,并且点上香烛,恭请福神们来享用;拜的却只限于男人,拜完自然仍然是放爆竹。年年如此,——只要买得起福礼和爆竹之类的,——今年自然也如此。天色愈阴暗了,下午竟下起雪来,雪花大的有梅花那么大,满天飞舞,夹着烟霭和忙碌的气色,将鲁镇乱成一团糟。我回到四叔的书房里时,瓦楞上已经雪白,房里也映得较光明,极分明

①讲理学的老监生:理学又称道学,是宋代周敦颐、程颢、程颐、朱熹等人阐释儒家学说而形成的唯心主义思想体系。它认为"理"是宇宙的本体,把"三纲五常"等封建伦理道德说成是"天理",提出"存天理,灭人欲"的主张。监生,国子监生员的简称。国子监原是封建时代中央最高学府,清代乾隆以后可以通过援例捐资取得监生名义,不一定在监读书。

②新党:清末对主张或倾向维新的人的称呼;辛亥革命前后,也用来称呼革命党人及拥护革命的人。

的显出壁上挂着的朱拓①的大"寿"字，陈抟②老祖写的；一边的对联已经脱落，松松的卷了放在长桌上，一边的还在，道是"事理通达心气和平"。我又无聊赖的到窗下的案头去一翻，只见一堆似乎未必完全的《康熙字典》，一部《近思录集注》和一部《四书衬》。无论如何，我明天决计要走了。

况且，一想到昨天遇见祥林嫂的事，也就使我不能安住。

那是下午，我到镇的东头访过一个朋友，走出来，就在河边遇见她；而且见她瞪着的眼睛的视线，就知道明明是向我走来的。我这回在鲁镇所见的人们中，改变之大，可以说无过于她的了：五年前的花白的头发，即今已经全白，全不像四十上下的人；脸上瘦削不堪，黄中带黑，而且消尽了先前悲哀的神色，仿佛是木刻似的；只有那眼珠间或一轮，还可以表示她是一个活物。她一手提着竹篮，内中一个破碗，空的；一手拄着一支比她更长的竹竿，下端开了裂：她分明已经纯乎是一个乞丐了。

我就站住，预备她来讨钱。

"你回来了？"她先这样问。

"是的。""这正好。你是识字的，又是出门人，见识得多。我正要问你一件事——"她那没有精采的眼睛忽然发光了。

我万料不到她却说出这样的话来，诧异的站着。

---

①朱拓：用银朱等红颜料从碑刻上拓下的文字或图形。

②陈抟：据《宋史·隐逸列传》载：陈抟是五代时人，因科举不第，先后隐居武当山和华山修道。后人把他附会为"神仙"。

"就是——"她走近两步，放低了声音，极秘密似的切切的说，"一个人死了之后，究竟有没有魂灵的？"

我很悚然，一见她的眼钉着我的，背上也就遭了芒刺一般，比在学校里遇到不及预防的临时考，教师又偏是站在身旁的时候，惶急得多了。对于魂灵的有无，我自己是向来毫不介意的；但在此刻，怎样回答她好呢？我在极短期的踌蹰中，想，这里的人照例相信鬼，然而她，却疑惑了，——或者不如说希望：希望其有，又希望其无……人何必增添末路的人的苦恼，为她起见，不如说有罢。

"也许有罢，——我想。"我于是吞吞吐吐的说。

"那么，也就有地狱了？"

"阿！地狱？"我很吃惊，只得支吾着，"地狱？——论理，就该也有。——然而也未必，……谁来管这等事……"

"那么，死掉的一家的人，都能见面的？"

"唉唉，见面不见面呢？……"这时我已知道自己也还是完全一个愚人，什么踌蹰，什么计画，都挡不住三句问。

我即刻胆怯起来了，便想全翻过先前的话来，"那是……实在，我说不清……其实，究竟有没有魂灵，我也说不清。"

我乘她不再紧接的问，迈开步便走，匆匆的逃回四叔的家中，心里很觉得不安逸。自己想，我这答话怕于她有些危险。她大约因为在别人的祝福时候，感到自身的寂寞了，然而会不会含有别的什么意思的呢？——或者是有了什么预感了？倘有别的意思，

又因此发生别的事，则我的答话委实该负若干的责任……但随后也就自笑，觉得偶尔的事，本没有什么深意义，而我偏要细细推敲，正无怪教育家要说是生着神经病；而况明明说过"说不清"，已经推翻了答话的全局，即使发生什么事，于我也毫无关系了。

"说不清"是一句极有用的话。不更事的勇敢的少年，往往敢于给人解决疑问，选定医生，万一结果不佳，大抵反成了怨府，然而一用这说不清来作结束，便事事逍遥自在了。我在这时，更感到这一句话的必要，即使和讨饭的女人说话，也是万不可省的。

但是我总觉得不安，过了一夜，也仍然时时记忆起来，仿佛怀着什么不祥的预感；在阴沉的雪天里，在无聊的书房里，这不安愈加强烈了。不如走罢，明天进城去。福兴楼的清炖鱼翅，一元一大盘，价廉物美，现在不知增价了否？往日同游的朋友，虽然已经云散，然而鱼翅是不可不吃的，即使只有我一个……无论如何，我明天决计要走了。

我因为常见些但愿不如所料，以为未必竟如所料的事，却每每恰如所料的起来，所以很恐怕这事也一律。果然，特别的情形开始了。傍晚，我竟听到有些人聚在内室里谈话，仿佛议论什么事似的，但不一会儿，说话声也就止了，只有四叔且走而且高声的说：

"不早不迟，偏偏要在这时候，——这就可见是一个谬种！"

我先是诧异，接着是很不安，似乎这话于我有关系。试望门外，谁也没有。好容易待到晚饭前他们的短工来冲茶，我才得了打听消息的机会。

"刚才，四老爷和谁生气呢？"我问。

"还不是和祥林嫂？"那短工简捷的说。

"祥林嫂？怎么了？"我又赶紧的问。

"老了。"

"死了？"我的心突然紧缩，几乎跳起来，脸上大约也变了色。但他始终没有抬头，所以全不觉。我也就镇定了自己，接着问：

"什么时候死的？"

"什么时候？——昨天夜里，或者就是今天罢。——我说不清。"

"怎么死的？"

"怎么死的？——还不是穷死的？"他淡然的回答，仍然没有抬头向我看，出去了。

然而我的惊惶却不过暂时的事，随着就觉得要来的事，已经过去，并不必仰仗我自己的"说不清"和他之所谓"穷死的"的宽慰，心地已经渐渐轻松；不过偶然之间，还似乎有些负疚。晚饭摆出来了，四叔俨然的陪着。我也还想打听些关于祥林嫂的消息，但知道他虽然读过"鬼神者二气之良能也"①，而忌讳仍然极多，当临近祝福时候，是万不可提起死亡疾病之类的话的；倘不得已，就该用一种替代的隐语，可惜我又不知道，因此屡次想问，

①"鬼神者二气之良能也"语见宋代张载的《张子全书·正蒙》,也见《近思录》。意思是：鬼神是阴阳二气自然变化而成的。

而终于中止了。我从他俨然的脸色上，又忽而疑他正以为我不早不迟，偏要在这时候来打搅他，也是一个谬种，便立刻告诉他明天要离开鲁镇，进城去，趁早放宽了他的心。他也不很留。这样闷闷的吃完了一餐饭。

冬季日短，又是雪天，夜色早已笼罩了全市镇。人们都在灯下匆忙，但窗外很寂静。雪花落在积得厚厚的雪褥上面，听去似乎瑟瑟有声，使人更加感得沉寂。我独坐在发出黄光的菜油灯下，想，这百无聊赖的祥林嫂，被人们弃在尘芥堆中的，看得厌倦了的陈旧的玩物，先前还将形骸露在尘芥里，从活得有趣的人们看来，恐怕要怪讶她何以还要存在，现在总算被无常 ① 打扫得干干净净了。魂灵的有无，我不知道；然而在现世，则无聊生者不生，即使厌见者不见，为人为己，也还都不错。我静听着窗外似乎瑟瑟作响的雪花声，一面想，反而渐渐的舒畅起来。

然而先前所见所闻的她的半生事迹的断片，至此也联成一片了。

她不是鲁镇人。有一年的冬初，四叔家里要换女工，做中人的卫老婆子带她进来了，头上扎着白头绳，乌裙，蓝夹袄，月白背心，年纪大约二十六七，脸色青黄，但两颊却还是红的。卫老婆子叫她祥林嫂，说是自己母家的邻舍，死了当家人，所以出来做工了。四叔皱了皱眉，四婶已经知道了他的意思，是在讨厌她

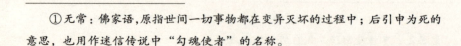

①无常：佛家语，原指世间一切事物都在变异灭坏的过程中；后引申为死的意思，也用作迷信传说中"勾魂使者"的名称。

是一个寡妇。但看她模样还周正，手脚都壮大，又只是顺着眼，不开一句口，很像一个安分耐劳的人，便不管四叔的皱眉，将她留下了。试工期内，她整天的做，似乎闲着就无聊，又有力，简直抵得过一个男子，所以第三天就定局，每月工钱五百文。

大家都叫她祥林嫂；没问她姓什么，但中人是卫家山人，既说是邻居，那大概也就姓卫了。她不很爱说话，别人问了才回答，答的也不多。直到十几天之后，这才陆续的知道她家里还有严厉的婆婆；一个小叔子，十多岁，能打柴了；她是春天没了丈夫的；他本来也打柴为生，比她小十岁，大家所知道的就只是这一点。

日子很快的过去了，她的做工却毫没有懒，拿物不论，力气是不惜的。人们都说鲁四老爷家里雇着了女工，实在比勤快的男人还勤快。到年底，扫尘，洗地，杀鸡，宰鹅，彻夜的煮福礼，全是一人担当，竟没有添短工。然而她反满足，口角边渐渐的有了笑影，脸上也白胖了。

新年才过，她从河边淘米回来时，忽而失了色，说刚才远远地看见一个男人在对岸徘徊，很像夫家的堂伯，恐怕是正为寻她而来的。四婶很惊疑，打听底细，她又不说。四叔一知道，就皱一皱眉，道：

"这不好。恐怕她是逃出来的。"

她诚然是逃出来的，不多久，这推想就证实了。

此后大约十几天，大家正已渐渐忘却了先前的事，卫老婆子忽而带了一个三十多岁的女人进来了，说那是祥林嫂的婆婆。那女人虽是山里人模样，然而应酬很从容，说话也能干，寒暄之后，就赔罪，说她特来叫她的儿媳回家去，因为开春事务忙，而家中只有老的和小的，人手不够了。

"既是她的婆婆要她回去，那有什么话可说呢。"四叔说。

于是算清了工钱，一共一千七百五十文，她全存在主人家，一文也还没有用，便都交给她的婆婆。那女人又取了衣服，道过谢，出去了。其时已经是正午。

"阿呀，米呢？祥林嫂不是去淘米的么？……"好一会，四婶这才惊叫起来。她大约有些饿，记得午饭了。

于是大家分头寻淘箩。她先到厨下，次到堂前，后到卧房，全不见淘箩的影子。四叔踱出门外，也不见，直到河边，才见平平正正的放在岸上，旁边还有一株菜。

看见的人报告说，河里面上午就泊了一只白篷船，篷是全盖起来的，不知道什么人在里面，但事前也没有人去理会他。待到祥林嫂出来淘米，刚刚要跪下去，那船里便突然跳出两个男人来，像是山里人，一个抱住她，一个帮着，拖进船去了。祥林嫂还哭喊了几声，此后便再没有什么声息，大约给用什么堵住了罢。接着就走上两个女人来，一个不认识，一个就是卫婆子。窥探舱里，不很分明，她像是捆了躺在船板上。"可恶！然而……"四叔说。

这一天是四婶自己煮午饭；他们的儿子阿牛烧火。

午饭之后，卫老婆子又来了。

"可恶！"四叔说。

"你是什么意思？亏你还会再来见我们。"四婶洗着碗，一见面就愤愤的说，"你自己荐她来，又合伙劫她去，闹得沸反盈天的，大家看了成个什么样子？你拿我们家里开玩笑么？"

"阿呀阿呀，我真上当。我这回，就是为此特地来说说清楚的。她来求我荐地方，我哪里料得到是瞒着她的婆婆的呢。对不起，四老爷，四太太。总是我老发昏不小心，对不起主顾。幸而府上是向来宽洪大量，不肯和小人计较的。这回我一定荐一个好的来折罪……"

"然而……"四叔说。

于是祥林嫂事件便告终结，不久也就忘却了。

只有四婶，因为后来雇用的女工，大抵非懒即馋，或者馋而且懒，左右不如意，所以也还提起祥林嫂。每当这些时候，她往往自言自语的说，"她现在不知道怎么样了？"意思是希望她再来。但到第二年的新正，她也就绝了望。

新正将尽，卫老婆子来拜年了，已经喝得醉醺醺的，自说因为回了一趟卫家山的娘家，住下几天，所以来得迟了。她们问答之间，自然就谈到祥林嫂。

"她么？"卫老婆子高兴的说，"现在是交了好运了。她婆婆来抓她回去的时候，是早已许给了贺家墺的贺老六的，所以回家之后不几天，也就装在花轿里抬去了。"

"阿呀，这样的婆婆！……"四婶惊奇的说。

"阿呀，我的太太！你真是大户人家的太太的话。我们山里人，小户人家，这算得什么？她有小叔子，也得娶老婆。不嫁了她，那有这一注钱来做聘礼？她的婆婆倒是精明强干的女人呵，很有打算，所以就将她嫁到里山去。倘许给本村人，财礼就不多；惟独肯嫁进深山野墺里去的女人少，所以她就到手了八十千。现在第二个儿子的媳妇也娶进了，财礼只花了五十，除去办喜事的费用，还剩十多千。吓，你看，这多么好打算？……"

"祥林嫂竟肯依？……"

"这有什么依不依。——闹是谁也总要闹一闹的；只要用绳子一捆，塞在花轿里，抬到男家，捺上花冠，拜堂，关上房门，就完事了。可是祥林嫂真出格，听说那时实在闹得厉害，大家还都说大约因为在念书人家做过事，所以与众不同呢。太太，我们见得多了：回头人出嫁，哭喊的也有，说要寻死觅活的也有，抬到男家闹得拜不成天地的也有，连花烛都砸了的也有。祥林嫂可是异乎寻常，他们说她一路只是嚎，骂，抬到贺家墺，喉咙已经全哑了。拉出轿来，两个男人和她的小叔子使劲的擒住她也还拜不成天地。他们一不小心，一松手，阿呀，阿弥陀佛，她就一头撞在香案角上，头上碰了一个大窟窿，鲜血直流，用了两把香灰，包上两块红布还止不住血呢。直到七手八脚的将她和男人反关在新房里，还是骂，阿呀呀，这真是……"

她摇一摇头，顺下眼睛，不说了。

"后来怎么样呢？"四婶还问。

"听说第二天也没有起来。"她抬起眼来说。

"后来呢？"

"后来？——起来了。她到年底就生了一个孩子，男的，新年就两岁了。我在娘家这几天，就有人到贺家墺去，回来说看见他们娘儿俩，母亲也胖，儿子也胖；上头又没有婆婆；男人所有的是力气，会做活；房子是自家的。——唉唉，她真是交了好运了。"

从此之后，四婶也就不再提起祥林嫂。

但有一年的秋季，大约是得到祥林嫂好运的消息之后的又过了两个新年，她竟又站在四叔家的堂前了。桌上放着一个荸荠式的圆篮，檐下一个小铺盖。她仍然头上扎着白头绳，乌裙，蓝夹袄，月白背心，脸色青黄，只是两颊上已经消失了血色，顺着眼，眼角上带些泪痕，眼光也没有先前那样精神了。而且仍然是卫老婆子领着，显出慈悲模样，絮絮的对四婶说：

"……这实在是叫作'天有不测风云'，她的男人是坚实人，谁知道年纪青青，就会断送在伤寒上？本来已经好了的，吃了一碗冷饭，复发了。幸亏有儿子；她又能做，打柴摘茶养蚕都来得，本来还可以守着，谁知道那孩子又会给狼衔去的呢？春天快完了，村上倒反来了狼，谁料到？现在她只剩了一个光身了。大伯来收屋，又赶她。她真是走投无路了，只好来求老主人。好在她现在已经再没有什么牵挂，太太家里又凑巧要换人，所以我就领她来。——我想，熟门熟路，比生手实在，好得多……"

"我真傻，真的，"祥林嫂抬起她没有神采的眼睛来，接着说。

"我单知道下雪的时候野兽在山墺里没有食吃，会到村里来；我不知道春天也会有。我一清早起来就开了门，拿小篮盛了一篮豆，叫我们的阿毛坐在门槛上剥豆去。他是很听话的，我的话句句听；他出去了。我就在屋后劈柴，淘米，米下了锅，要蒸豆。我叫阿毛，没有应，出去一看，只见豆撒得一地，没有我们的阿毛了。他是不到别家去玩的；各处去一问，果然没有。我急了，央人出去寻。直到下半天，寻来寻去寻到山墺里，看见刺柴上挂着一只他的小鞋。大家都说，糟了，怕是遭了狼了。再进去；他果然躺在草窠里，肚里的五脏已经都给吃空了，手上还紧紧的捏着那只小篮呢。……"她接着但是呜咽，说不出成句的话来。

四婶起初还踌蹰，待到听完她自己的话，眼圈就有些红了。她想了一想，便教拿圆篮和铺盖到下房去。卫老婆子仿佛卸了一肩重担似的嘘一口气；祥林嫂比初来时候神气舒畅些，不待指引，自己驯熟的安放了铺盖。她从此又在鲁镇做女工了。

大家仍然叫她祥林嫂。

然而这一回，她的境遇却改变得非常大。上工之后的两三天，主人们就觉得她手脚已没有先前一样灵活，记性也坏得多，死尸似的脸上又整日没有笑影，四婶的口气上，已颇有些不满了。当她初到的时候，四叔虽然照例皱过眉，但鉴于向来雇用女工之难，也就并不大反对，只是暗暗地告诫四婶说，这种人虽然似乎很可怜，但是败坏风俗的，用她帮忙还可以，祭祀时候可用不着她沾手，一切饭菜，只好自己做，否则，不干不净，祖宗是不吃的。

　　四叔家里最重大的事件是祭祀，祥林嫂先前最忙的时候也就是祭祀，这回她却清闲了。桌子放在堂中央，系上桌帏，她还记得照旧的去分配酒杯和筷子。

　　"祥林嫂，你放着罢！我来摆。"四婶慌忙的说。她讪讪的缩了手，又去取烛台。

　　"祥林嫂，你放着罢！我来拿。"四婶又慌忙的说。她转了几个圆圈，终于没有事情做，只得疑惑的走开。她在这一天可做的事是不过坐在灶下烧火。

　　镇上的人们也仍然叫她祥林嫂，但音调和先前很不同；也还和她讲话，但笑容却冷冷的了。她全不理会那些事，只是直着眼睛，和大家讲她自己日夜不忘的故事：

　　"我真傻，真的，"她说。"我单知道雪天是野兽在深山里没有食吃，会到村里来；我不知道春天也会有。我一大早起来就开了门，拿小篮盛了一篮豆，叫我们的阿毛坐在门槛上剥豆去。他是很听话的孩子，我的话句句听；他就出去了。我就在屋后劈柴，淘米，米下了锅，打算蒸豆。我叫，'阿毛！'没有应。出去一看，只见豆撒得满地，没有我们的阿毛了。各处去一问，都没有。我急了，央人去寻去。直到下半天，几个人寻到山墺里，看见刺柴上挂着一只他的小鞋。大家都说，完了，怕是遭了狼了。再进去；果然，他躺在草窠里，肚里的五脏已经都给吃空了，可怜他手里还紧紧的捏着那只小篮呢。……"她于是淌下眼泪来，声音也呜咽了。

这故事倒颇有效，男人听到这里，往往敛起笑容，没趣的走了开去；女人们却不独宽恕了她似的，脸上立刻改换了鄙薄的神气，还要陪出许多眼泪来。有些老女人没有在街头听到她的话，便特意寻来，要听她这一段悲惨的故事。直到她说到呜咽，她们也就一齐流下那停在眼角上的眼泪，叹息一番，满足的去了，一面还纷纷的评论着。

她就只是反复的向人说她悲惨的故事，常常引住了三五个人来听她。但不久，大家也都听得纯熟了，便是最慈悲的念佛的老太太们，眼里也再不见有一点泪的痕迹。后来全镇的人们几乎都能背诵她的话，一听到就烦厌得头痛。

"我真傻，真的，"她开首说。

"是的，你是单知道雪天野兽在深山里没有食吃，才会到村里来的。"他们立即打断她的话，走开去了。

她张着口怔怔的站着，直着眼睛看他们，接着也就走了，似乎自己也觉得没趣。但她还妄想，希图从别的事，如小篮，豆，别人的孩子上，引出她的阿毛的故事来。倘一看见两三岁的小孩子，她就说：

"唉唉，我们的阿毛如果还在，也就有这么大了。……"孩子看见她的眼光就吃惊，牵着母亲的衣襟催她走。于是又只剩下她一个，终于没趣的也走了。后来大家又都知道了她的脾气，只要有孩子在眼前，便似笑非笑的先问她，道："祥林嫂，你们的阿毛如果还在，不是也就有这么大了么？"

她未必知道她的悲哀经大家咀嚼赏鉴了许多天，早已成为渣滓，只值得烦厌和唾弃，但从人们的笑影上，也仿佛觉得这又冷又尖，自己再没有开口的必要了。她单是一瞥她们，并不回答一句话。

鲁镇永远是过新年，腊月二十以后就忙起来了。四叔家里这回须雇男短工，还是忙不过来，另叫柳妈做帮手，杀鸡，宰鹅；然而柳妈是善女人，吃素，不杀生的，只肯洗器皿。祥林嫂除烧火之外，没有别的事，却闲着了，坐着只看柳妈洗器皿。微雪点点的下来了。

"唉唉，我真傻，"祥林嫂看了天空，叹息着，独语似的说。

"祥林嫂，你又来了。"柳妈不耐烦的看着她的脸，说。

"我问你：你额角上的伤疤，不就是那时撞坏的么？"

"唔唔。"她含胡的回答。

"我问你：你那时怎么后来竟依了呢？"

"我么？……"

"你呀。我想：这总是你自己愿意了，不然……"

"阿阿，你不知道他力气多么大呀。"

"我不信。我不信你这么大的力气，真会拗他不过。你后来一定是自己肯了，倒推说他力气大。"

"阿阿，你……你倒自己试试看。"她笑了。

柳妈的打皱的脸也笑起来，使她蹙缩得像一个核桃；干枯的小眼睛一看祥林嫂的额角，又钉住她的眼。祥林嫂似乎很局促了，立刻敛了笑容，旋转眼光，自去看雪花。

"祥林嫂，你实在不合算。"柳妈诡秘的说。"再一强，或者索性撞一个死，就好了。现在呢，你和你的第二个男人过活不到两年，倒落了一件大罪名。你想，你将来到阴司去，那两个死鬼的男人还要争，你给了谁好呢？阎罗大王只好把你锯开来，分给他们。我想，这真是……"

她脸上就显出恐怖的神色来，这是在山村里所未曾知道的。

"我想，你不如及早抵当。你到土地庙里去捐一条门槛，当作你的替身，给千人踏，万人跨，赎了这一世的罪名，免得死了去受苦。"

她当时并不回答什么话，但大约非常苦闷了，第二天早上起来的时候，两眼上便都围着大黑圈。早饭之后，她便到镇的西头的土地庙里去求捐门槛。庙祝起初执意不允许，直到她急得流泪，才勉强答应了。价目是大钱十二千。

她久已不和人们交口，因为阿毛的故事是早被大家厌弃了的；但自从和柳妈谈了天，似乎又即传扬开去，许多人都发生了新趣味，又来逗她说话了。至于题目，那自然是换了一个新样，专在她额上的伤疤。

"祥林嫂，我问你：你那时怎么竟肯了？"一个说。

"唉，可惜，白撞了这一下。"一个看着她的疤，应和道。她大约从他们的笑容和声调上，也知道是在嘲笑她，所以总是瞪着眼睛，不说一句话，后来连头也不回了。她整日紧闭了嘴唇，头上带着大家以为耻辱的记号的那伤痕，默默的跑街，扫地，洗菜，淘米。快够一年，她才从四婶手里支取了历来积存的工钱，换算了十二元鹰洋，请假到镇的西头去。但不到一顿饭时候，她便回来，神气很舒畅，眼光也分外有神，高兴似的对四婶说，自己已经在土地庙捐了门槛了。冬至的祭祖时节，她做得更出力，看四婶装好祭品，和阿牛将桌子抬到堂屋中央，她便坦然的去拿酒杯和筷子。

"你放着罢，祥林嫂！"四婶慌忙大声说。

她像是受了炮烙似的缩手，脸色同时变作灰黑，也不再去取烛台，只是失神的站着。直到四叔上香的时候，教她走开，她才走开。这一回她的变化非常大，第二天，不但眼睛窈陷下去，连精神也更不济了。而且很胆怯，不独怕暗夜，怕黑影，即使看见人，虽是自己的主人，也总惴惴的，有如在白天出穴游行的小鼠；否则呆坐着，直是一个木偶人。不半年，头发也花白起来了，记性尤其坏，甚而至于常常忘却了去淘米。"祥林嫂怎么这样了？倒不如那时不留她。"四婶有时当面就这样说，似乎是警告她。

然而她总如此，全不见有伶俐起来的希望。他们于是想打发她走了，教她回到卫老婆子那里去。但当我还在鲁镇的时候，不过单是这样说；看现在的情状，可见后来终于实行了。然而她是从四叔家出去就成了乞丐的呢，还是先到卫老婆子家然后再成乞丐的呢？那我可不知道。

我给那些因为在近旁而极响的爆竹声惊醒，看见豆一般大的黄色的灯火光，接着又听得毕毕剥剥的鞭炮，是四叔家正在"祝福"了；知道已是五更将近时候。我在蒙眬中，又隐约听到远处的爆竹声连绵不断，似乎合成一天音响的浓云，夹着团团飞舞的雪花，拥抱了全市镇。我在这繁响的拥抱中，也懒散而且舒适，从白天以至初夜的疑虑，全给祝福的空气一扫而空了，只觉得天地圣众歆享了牲醴和香烟，都醉醺醺的在空中蹒跚，预备给鲁镇的人们以无限的幸福。

一九二四年二月七日

 牵手阅读

　　《祝福》通过祥林嫂一生的悲惨遭遇，反映了辛亥革命以后中国的社会矛盾，深刻地揭露了地主阶级对劳动妇女的迫害，使得广大劳动妇女饱受身心残害，揭露出封建礼教吃人的本质，指出彻底反封建的必要性。

绳子的故事

[法]莫泊桑 阮霖 译

这是个赶集的日子。戈德维尔附近的每一条路上都有农民携家带口地朝镇上奔去。

男人们不急不慢地迈着步子，长长的罗圈腿每迈一步，整个上身就向前一蹿，要知道，艰苦的劳作早已使得他们的双腿变成了畸形。耕地时，上身压犁，左肩就得耸起，身子就得歪着；收割麦子时，需要双膝叉开，以便站得稳当，此外，地头还有好些别的繁重农活也都很磨人，长此以往，长年累月，他们的腿也就变了样。他们的蓝布罩衫浆得笔挺，像涂了油漆一样闪闪发光，袖口和领口用白线绣着花纹，鼓鼓囊囊地裹着瘦骨嶙峋的身子，活像个要腾空而起的气球；从气球里伸出来的，是一颗脑袋，两只胳膊，两条腿。

有的人手里牵着一头奶牛或者一头牛犊。妇人们跟在牲口后面，一手拿着带着叶子的树枝，抽着牲口两肋，催促牲口向前，一手挽着大篮子，从篮里不时探出鸡脑袋、鸭脑袋。比起她们的丈夫来，妇人们的步子短小而急促。她们身体干瘦，腰杆挺直，一条窄窄的小披肩用别针别在平坦的胸前，头上紧裹着白布，上面再扣一顶无檐的便帽。

一匹马驹以短促的快步拉着一辆大车驰过，摇得车上的两男一女前俯后仰。两个男的并排坐着，女的坐在车后，紧紧抓着车沿，以免东倒西歪。

戈德维尔的集市广场上，人群和牲畜混在一起，黑压压一片。牛的犄角、富裕农民的长绒高帽与女人的头饰，在人群头上攒动。尖厉刺耳的嘈杂声、嗡嗡声一片，持续不断，气息粗犷。不时还可听到一声从乡下人结实的胸脯里发出的开怀大笑，或者系在墙边的母牛的一声长哞。

集市上弥漫着牲口味、奶味、粪味以及草料味与汗水味，散发出人畜混杂，特别是庄稼人所特有的酸臭汗水味，刺鼻难闻。

布雷奥戴村奥士高纳大爷刚刚到达戈德维尔，正在向集市广场走来。突然他发现地下有一小段绳子。他是个地地道道的诺曼底佬，节俭成性，心想，凡是有用的东西都该捡起来；于是，他费劲地弯下身去，因为，他患有关节炎。他从地上捡起了那段细绳子，并准备绕绕好收起来。这时他发现马具商马朗丹大爷在自家门口瞅着他。他们过去为了一根线头曾有过纠葛，双方怀恨在心，至今互不理睬。现在奥士高纳大爷见自己从牲口粪里捡一小根绳，却被自己的冤家对头瞧个正着，不由得羞惭难当，无地自容，他赶紧把绳子塞进褂子，接着，又藏进裤子口袋里，然后，假装在地上找什么东西却没有找到的样子，于是便向市场走去，脑袋冲在前面，身子因风湿病而弓着。

他很快便消失在赶集的人群中去了。赶集的人吵吵嚷嚷，慢慢吞吞，由于没完没了地讨价还价而有点激动。那些农民用手抚摸抚摸奶牛，走过去，又走回来，三心二意，拿不定主意，唯恐上当，还偷偷观察卖主的眼神，想要识破对方的花招，挑出牲口的毛病。

妇人们把手里的大篮子放在脚跟边，从里面拉出家禽，搁在地上。家禽的双脚缚着，两眼惊慌，鸡冠通红。

她们听着买方的还价，无动于衷，表情冷冰冰的，仍然坚持自己的卖价，有时，却又蓦然改变主意，同意对方出的价钱，叫住正慢慢吞吞离去的买主，喊道：

"昂迪姆大爷，就这样吧，我卖给您了。"

随后，集市里的人群渐渐散去。教堂敲响了午祷的钟声。远道而来的农民纷纷走进镇上的各家客店。

朱尔丹掌柜的店堂里，挤满了来用餐的客人。大院里也停满了各式各样的车子：双轮马车、双轮轻便篷车、大马车、敞篷双座轻便马车，以及蹩脚的敞篷马车。这些车子沾满了泥泞污物，黄渍斑斑，车身变形走样，东拼一块，西补一块，有的车辕朝天，像两只胳膊，有的车头冲地，屁股上翘。

在店堂的一边，大壁炉里火光熊熊。坐在右排的顾客，脊背被烤得暖洋洋的。三把铁叉在炉上转动着，烤着小鸡、野鸽和羊肉，烤肉的香味与脆皮流油的香味，从炉膛里飘出来，叫人垂涎欲滴，精神亢奋。

庄稼汉中的有钱人都在朱尔丹掌柜的店里吃饭，他既是客店老板又是马贩子，是个手头宽裕的精明人。

餐肴和黄色的苹果酒端上来，用餐者一扫而光。各人谈着自己的生意买卖，相互打听收成的前景。天时对青苗生长有利，但对麦子不佳。

突然，客店前面的大院里响起了一阵鼓声。除少数几个漠不关心的人以外，大家唰地站起身来，嘴里含着食物，手里拿着餐巾，向门口、窗口奔过去。

宣读告示的公差一通鼓敲罢，断断续续地一板一眼地宣读了起来：

"戈德维尔的居民以及所有赶集的乡亲们：今天早晨，九十点钟之间，有人在勃兹维尔大路上遗失黑皮夹子一只。内有法郎五百，单据若干。请拾到者立即交到乡政府，或者曼纳维尔村伏图内·乌勒布雷克大爷家。送还者得到二十法郎的酬谢。特此通告。"

公差说完便走。远处隐隐约约又传来一次乡丁的击鼓声和叫喊声。

于是大家就这件事议论开来，数说着乌勒布雷克大爷寻找得到或者寻找不到皮夹子的种种可能。

午饭已经用毕。

大家正在喝着最后一点咖啡。这时，宪兵大队长突然出现在店堂门口。他问道：

"布雷奥戴村奥士高纳大爷在这儿吗？"

坐在餐桌尽头的奥士高纳大爷回答说：

"我在这儿呢。"

于是宪兵大队长又说：

"奥士高纳大爷，请跟我到镇政府走一趟。镇长有话要同你说。"

这位农民既感到诧异又觉得不安。他一口喝完了杯子里的咖啡，起身上路，嘴里连连说："我在这儿呢，我在这儿呢。"他每当休息之后，起步特别困难，所以身子比早晨弓得更加厉害了。

他跟在宪兵大队长后面走了。

镇长坐在扶手椅里等着他。镇长是当地的公证人，身体肥胖，态度威严，说话浮夸。

"奥士高纳大爷，"他说，"有人看见您今天早上在勃兹维尔大路上捡到了曼纳维尔村乌勒布雷克大爷遗失的皮夹子。"

这乡下老头目瞪口呆，望着镇长，不知道为什么，这怀疑突如其来，使得他特别恐惧。

"我，我，我捡到了那只皮夹子？"

"不错，就是您。"

"我以名誉担保，我连皮夹子的影子也没见过。"

"有人看见您啦。"

"有人看见我？谁看见我啦？"

"马朗丹先生，马具商。"

这时老人想起来了，明白了，气得满脸通红。

"唉哟，原来是他，这个浑蛋！他看见我捡起来的，就是这根绳子，镇长先生，您瞧，就是这根。"

他在口袋里摸了摸，掏出了那一小段绳子。

但是，镇长不相信，摇了摇头，说：

"奥士高纳大爷，马朗丹先生是个值得信赖的人，我不会相信他把这根绳子错当成了皮夹子。"

这乡下佬愤怒起来，他举起一只手，又向旁边啐了一口，表示赌咒发誓，这么说：

"老天有眼，这可是千真万确，丝毫不假的啊，镇长先生。我再说一遍，这件事，我可以用我的良心和生命担保。"

镇长又说：

"您捡到皮夹之后，还在泥土里找了半天，生怕皮夹里有硬币掉在地上。"

老人又气又怕，连话都说不上来了。

"竟然说得出！……竟然说得出……这种假话来糟蹋老实人！竟然说得出！……"

他的抗议毫无用处，对方根本不信他。

他和马朗丹先生当面对了质。后者再次一口咬定他是亲眼看见的。他们互相对骂了整整一小时。根据奥士高纳大爷的请求，镇长在他身上搜了一遍，结果什么也没搜出来。

最后，镇长不知如何处理是好，便叫他先回去，同时告诉奥士高纳大爷，他将报告检察院，并请求指示。

消息已经传开了。老头一走出镇公所的大门，就被人围上，大家纷纷向他问这问那，有的一本正经带着好奇心，有的则是嘲弄的态度。于是老人讲起绳子的故事来。他讲的，大家听了不信，一味地笑。

他走着走着，凡是碰着的人都拦住他问，他也拦住熟人，不厌其烦地重复他的故事，重复他的抗议，把只只口袋都翻转来给大家看，表明他什么也没有。

有人对他说：

"老滑头，滚开！"

他气愤不平，极为恼火，心里既狂躁又痛苦，不知如何是好，于是，逢人便讲自己的遭遇，没完没了。

天色将晚，该回去了。他和三位村邻一起往回走，把捡到绳头的地方指给他们看，一路不停地讲他的遭遇。

晚上，他在布雷奥戴村里走了一圈，目的是把他的遭遇讲给大家听，但是没有一个人相信他。

他为此心里难过了整整一夜。

第二天，午后一点钟光景，侬莫维尔村的农民布列东大爷的长工马利于斯·博迈勒，把皮夹子和里面的钞票、单据一并送还给了曼纳维尔村的乌勒布雷克大爷。

　　这位长工声称确是在路上捡着了皮夹子，但他不识字，所以就带回家去交给了东家。

　　这个消息立即传遍了周围四乡，奥士高纳大爷得到消息后立即四处游说，叙述起他那有了结局的故事来。他胜利了。

　　"当时叫我痛心的，"他这么说道，"并不是那么一件事本身，您明白吧，而是有人故意撒谎，谎话害得你遭诬陷，受冤枉，没有什么比这更叫人难受的了。

　　他整天讲他的遭遇，在路上向过路的人讲，在酒馆里向喝酒的人讲，星期天在教堂门口讲。不相识的人，他也拦住讲给人家听。现在，他心情舒坦了，然而，他仍感到还有点什么东西使他不自在，而他又说不清究竟是什么。人家在听他讲故事时，脸上带着嘲弄的神气。看来人家并不信服。他好像觉得别人在他背后指指戳戳。

　　下一个星期二，他纯粹出于讲自己遭遇的欲望，又到戈德维尔来赶集。

　　马朗丹站在家门口，见他路过，便乐了起来。这葫芦里卖的什么药？

　　他朝克里格多村的一位庄稼汉走过去。这位老农民没有让他把话说完，在他胸口推了一把，冲着他大声说："老滑头，滚开！"然后扭转身就走。

　　奥士高纳大爷目瞪口呆，越来越感到不安。为什么人家叫他"老滑头"呢？

他在朱尔丹的客店里坐下之后，又开始说道自己的遭遇。

蒙迪维利埃村的一位马贩子对他大声说：

"得啦，得啦，老一套，我知道，还是你那根绳子！"

奥士高纳大爷嘀咕道：

"皮夹子已经找到了嘛。"

但那个人接着说：

"别往下说啦，我的老爹，一个人捡到皮夹，另一个人又把它还回去，神不知，鬼不觉，天衣无缝，把别人蒙在鼓里。"

奥士高纳气得连话也说不上来。他终于明白了，人家认为他是捡了皮夹子后，又叫同伙送回去的。

他想抗议。满座的人都笑了起来。

他没有吃完饭，起身就走，在一片嘲笑声中离开了饭店。

他回到家里，又羞又恼。愤怒和羞耻使他痛苦到了极点。他感到特别狼狈，因为，凭他诺曼底人的刁钻，他是做得出别人指责他的事来的，甚至可以自夸手段高明。他模模糊糊感到，自己是跳进河里也洗不清了，因为，大家都认定他本来就老奸巨猾。一想到这种毫无道理的偏见，他就心如刀割。

于是，他又开始诉说自己的遭遇，每次讲述，都要添油加醋，补充一些新的理由，愤愤的情绪愈来愈激昂，赌咒发誓也愈来愈厉害。这些都是他一人独处的时候编出来的，准备好的，因为他的心思专门用在绳子的故事上了。他的辩解越是复杂，理由越是多，人家越不相信他。

有人背后议论说："瞧他，明明在说谎，偏偏要狡辩。"

别人的议论，他有所感。他闷闷不乐，用尽了力气洗刷自己，但终究是白费。

他日渐消瘦。

现在，那些爱取笑的人，为了拿他开涮，老逗他讲"绳子的故事"，就像请参加过战争的士兵讲述战斗故事一样。在毁灭性的打击之下，他整个精神彻底崩溃了。

将近年底的时候，他一病不起。

年初，他含冤死去。临终昏迷的时候，他还在证明自己是清白无辜的，一再说：

"一根细绳……一根细绳……镇长先生，您看，绳子在这儿。"

 牵手阅读

　　《绳子的故事》为我们讲述了奥士高纳大爷受到诬陷、最终含冤而死的故事。奥士高纳大爷的形象很容易让我们联想到鲁迅的小说《祝福》中的祥林嫂，他们都曾一时找到了倾听对象，但并没有得到人们的同情、安慰，而是被人们嘲笑、奚落，其结果不仅是有苦无处诉，反而因此导致了更加悲惨的结局。《祝福》与《绳子的故事》这两篇小说在描写小人物的悲剧命运时，都展示了个体的不幸与群体的冷漠这一社会现象。莫泊桑借奥士高纳大爷的人生悲剧来揭示资本主义社会的黑暗，批判了人与人之间的冷漠无情，如一把锋利的匕首，可以将其他人无情地"谋杀"。

到大自然中走一走

夏日里，他把他的绿色的诗写在地上、墙上，写在坡地边，写在石头上，也写到了粗大的树干上……

内蒙风光（节选）

老　舍

　　1961 年夏天，我们——作家、画家、音乐家、舞蹈家、歌唱家等共二十来人，应内蒙古自治区乌兰夫同志的邀请，由中央文化部、民族事务委员会和中国文联组织，到内蒙古东部和西部参观访问了八个星期。陪同我们的是内蒙古文化局的布赫同志。他给我们安排了很好的参观程序，使我们在不甚长的时间内看到林区、牧区、农区、渔场、风景区和工业基地；也看到了一些古迹、学校和展览馆；并且参加了各处的文艺活动，交流经验，互相学习。到处，我们都受到领导同志们和各族人民的欢迎与帮助，十分感激！

　　以上作为小引。下面我愿分段介绍一些内蒙风光。

林　海

　　这说的是大兴安岭。自幼就在地理课本上见到过这个山名，并且记住了它，或者是因为"大兴安岭"四个字的声音既响亮，又含有兴国安邦的意思吧。是的，这个悦耳的名字使我感到亲切、舒服。可是，那个"岭"字出了点岔子：我总以为它是奇峰怪石，高不可攀的。这回，有机会看到它，并且进到原始森林里边去，脚落在千年万年积累的几尺厚的松针上，手摸到那些古木，才真的证实了那种亲切与舒服并非空想。

　　对了，这个"岭"字，可跟秦岭的"岭"字不大一样。岭的确很多，高点的，矮点的，长点的，短点的，横着的，顺着的，可是没有一条使人想起"云横秦岭"那种险句。多少条岭啊，在疾驰的火车上看了几个钟头，既看不完，也看不厌。每条岭都是那么温柔，虽然下自山脚，上至岭顶，长满了珍贵的林木，可是谁也不孤峰突起、盛气凌人。

　　目之所及，哪里都是绿的。的确是林海。群岭起伏是林海的波浪。多少种绿颜色呀：深的，浅的，明的，暗的，绿得难以形容，绿得无以名之。我虽诌了两句："高岭苍茫低岭翠，幼林明媚母林幽"，但总觉得离眼前实景还相差很远。恐怕只有画家才能够写下这么多的绿颜色来吧？

　　兴安岭上千般宝，第一应夸落叶松。是的，这是落叶松的海洋。看，"海"边上不是还有些白的浪花吗？那是些俏丽的白桦，

树干是银白色的。在阳光下，一片青松的边沿，闪动着白桦的银裙，不像海边上的浪花么？

　　两山之间往往流动着清可见底的溪河，河岸上有多少野花呀。我是爱花的人，到这里我却叫不出那些花的名儿来。兴安岭多么会打扮自己呀：青松作衫，白桦为裙，还穿着绣花鞋呀。连树与树之间的空隙也不缺乏色彩：在松影下开着各种的小花，招来各色的小蝴蝶——它们很亲热地落在客人的身上。花丛里还隐藏着像珊瑚珠似的小红豆，兴安岭中酒厂所造的红豆酒就是用这些小野果酿成的，味道很好。

　　就凭上述的一些风光，或者已经足以使我们感到兴安岭的亲切可爱了。还不尽然：谁进入岭中，看到那数不尽的青松白桦，能够不马上向四面八方望一望呢？有多少省份用过这里的木材呀！大至矿井、铁路，小至桌椅、椽柱，有几个省市的建设与兴安岭完全没有关系呢？这么一想，“亲切”与“舒服”这种字样用来就大有根据了。所以，兴安岭越看越可爱！是的，我们在图画中或地面上看到奇山怪岭，也会发生一种美感，可是，这种美感似乎是起于惊异与好奇。兴安岭的可爱，就在于它美得并不空洞。它的千山一碧，万古常青，又恰好与广厦、良材联系起来。于是，它的美丽就与建设结为一体，不仅使我们拍掌称奇，而且叫心中感到温暖，因而亲切、舒服。

　　哎呀，是不是误投误撞跑到美学问题上来了呢？假若是那样，我想：把美与实用价值联系起来，也未必不好。我爱兴安岭，也更爱兴安岭与我们生活上的亲切关系。它的美丽不是孤立的，而是与我们的建设分不开的。它使不远千里而来的客人感到应当爱护它，感谢它。

及至看到林场，这种亲切之感便更加深厚了。我们伐木取材，也造林护树，左手砍，右手栽。我们不仅取宝，也作科学研究，使林海不但能够万古常青，而且百计千方，综合利用。山林中已有了不少的市镇，给兴安岭添上了新的景色，添上了愉快的劳动歌声。人与山的关系日益密切，怎能够使我们不感到亲切、舒服呢？我不晓得当初为什么管它叫兴安岭，由今天看来，它的确含有兴国安邦的意义了。

草　原

自幼就见过"天苍苍，野茫茫，风吹草低见牛羊"这类的词句。这曾经发生过不太好的影响，使人怕到北边去。这次，我看到了草原。那里的天比别处的天更可爱，空气是那么清鲜，天空是那么明朗，使我总想高歌一曲，表示我的愉快。在天底下，一碧千里，而并不茫茫。四面都有小丘，平地是绿的，小丘也是绿的。羊群一会儿上了小丘，一会儿又下来，走在哪里都像给无边的绿毯绣上了白色的大花。那些小丘的线条是那么柔美，就像没骨画那样，只用绿色渲染，没有用笔勾勒，于是，到处翠色欲流，轻轻流入云际。这种境界，既使人惊叹，又叫人舒服，既愿久立四望，又想坐下低吟一首奇丽的小诗。在这境界里，连骏马与大牛都有时候静立不动，好像回味着草原的无限乐趣。紫塞，紫塞，谁说的？这是个弱翠的世界。连江南也未必有这样的景色啊！

我们访问的是陈巴尔虎旗的牧业公社。汽车走了一百五十华里，才到达目的地。一百五十里全是草原。再走一百五十里，也还是草原。草原上行车至为洒脱，只要方向不错，怎么走都可以。初入草原，听不见一点声音，也看不见什么东西，除了一些忽飞忽落的小鸟。走了许久，远远地望见了迂回的，明如玻璃的一条带子。河！牛羊多起来，也看到了马群，隐隐有鞭子的轻响。快了，快到公社了。忽然，像被一阵风吹来的，远丘上出现了一群马，马上的男女老少穿着各色的衣裳，马疾驰，襟飘带舞，像一条彩虹向我们飞过来。这是主人来到几十里外，欢迎远客。见到我们，主人们立刻拨转马头，欢呼着，飞驰着，在汽车左右与前面引路。静寂的草原，热闹起来：欢呼声，车声，马蹄声，响成一片。车、马飞过了小丘，看见了几座蒙古包。

蒙古包外，许多匹马，许多辆车。人很多，都是从几十里外乘马或坐车来看我们的。我们约请了海拉尔的一位女舞蹈员给我们作翻译。她的名字漂亮——水晶花。她就是陈旗的人，鄂温克族。主人们下了马，我们下了车。也不知道是谁的手，总是热乎乎地握着，握住不散。我们用不着水晶花同志给作翻译了。大家的语言不同，心可是一样。握手再握手，笑了再笑。你说你的，我说我的，总的意思都是民族团结互助！

也不知怎的，就进了蒙古包。奶茶倒上了，奶豆腐摆上了，主客都盘腿坐下，谁都有礼貌，谁都又那么亲热，一点不拘束。不大会儿，好客的主人端进来大盘子的手抓羊肉和奶酒。公社的干部向我们敬酒，七十岁的老翁向我们敬酒。正是：

祝福频频难尽意，举杯切切莫相忘！

我们回敬，主人再举杯，我们再回敬。这时候鄂温克姑娘们，戴着尖尖的帽儿，既大方，又稍有点羞涩，来给客人们唱民歌。我们同行的歌手也赶紧唱起来。歌声似乎比什么语言都更响亮，都更感人，不管唱的是什么，听者总会露出会心的微笑。

饭后，小伙子们表演套马、摔跤，姑娘们表演了民族舞蹈。客人们也舞的舞，唱的唱，并且要骑一骑蒙古马。太阳已经偏西，谁也不肯走。是呀！蒙汉情深何忍别，天涯碧草话斜阳！

人的生活变了，草原上的一切都也随着变。就拿蒙古包说吧，从前每被呼为毡庐，今天却变了样，是用木条与草秆作成的，为是夏天住着凉爽，到冬天再改装。看那马群吧，既有短小精悍的蒙古马，也有高大的新种三河马。这种大马真体面，一看就令人想起"龙马精神"这类的话儿，并且想骑上它，驰骋万里。牛也改了种，有的重达千斤，乳房像小缸。牛肥草香乳如泉啊！并非浮夸。羊群里既有原来的大尾羊，也添了新种的短尾细毛羊，前者肉美，后者毛好。是的，人畜两旺，就是草原上的新气象之一。

渔　场

这些渔场既不在东海，也不在太湖，而是在祖国的最北边，离满洲里不远。我说的是达赉湖。若是有人不信在边疆的最北边还能够打鱼，就请他自己去看看。到了那里，他就会认识到祖国有多么伟大，而内蒙古也并不仅有风沙和骆驼，像前人所说的那样。内蒙古不是什么塞外，而是资源丰富的宝地，建设祖国必不可缺少的宝地！

据说：这里的水有多么深，鱼有多么厚。我们吃到湖中的鱼，非常肥美。水好，所以鱼肥。有三条河流入湖中，而三条河都经过草原，所以湖水一碧千顷——草原青未了，又到绿波前。湖上飞翔着许多白鸥。在碧岸、翠湖、青天、白鸥之间游荡着渔船，何等迷人的美景！

我们去游湖。开船的是一位广东青年，长得十分英俊，肩阔腰圆，一身都是力气。他热爱这座湖，不怕冬天的严寒，不管什么天南地北，兴高采烈地在这里工作。他喜爱文学，读过不少的文学名著。他不因喜爱文学而藏在温暖的图书馆里，他要碰碰北国冬季的坚冰，打出鱼来，支援各地。是的，内蒙古尽管有无穷的宝藏，若是没有人肯动手采取，便连鱼也会死在水里。可惜，我忘了这位好青年的姓名。我相信他会原谅我，他不会是因求名求利而来到这里的。

风景区

　　札兰屯真无愧是塞上的一颗珍珠。多么幽美呀！它不像苏杭那么明媚，也没有天山万古积雪的气势，可是它独具风格，幽美得迷人。它几乎没有什么人工的雕饰，只是纯系自然的那么一些山川草木。谁也指不出哪里是一"景"，可是谁也不能否认它处处美丽。它没有什么石碑，刻着什么什么烟树，或什么什么奇观。它只是那么纯朴地，大方地，静静地，等待着游人。没有游人呢，也没大关系。它并不有意地装饰起来，向游人索要诗词。它自己便充满了最纯朴的诗情词韵。

　　四面都有小山，既无奇峰，也没有古寺，只是那么静静地在青天下绣成一个翠环。环中间有一条河，河岸上这里多些，那里少些，随便地长着绿柳白杨。几头黄牛，一小群白羊，在有阳光的地方低着头吃草，并看不见牧童。也许有，恐怕是藏在柳荫下钓鱼呢。河岸是绿的，高坡也是绿的，绿色一直接上了远远的青山。这种绿色使人在梦里也忘不了，好像细致地染在心灵里。

　　绿草中有多少花呀。石竹，桔梗，还有许多说不上名儿的，都那么毫不矜持地开着各色的花，吐着各种香味，招来无数的凤蝶，闲散而又忙碌地飞来飞去。既不必找小亭，也不必找石磴，就随便坐在绿地上吧。风儿多么清凉，日光可又那么和暖，使人在凉暖之间，想闭上眼睡去，所谓"陶醉"，也许就是这样吧？

　　夕阳在山，该回去了。路上到处还是那么绿，还有那么多的草木，可是总看不厌。这里有一片荞麦，开着密密的白花；那里有一片高粱，在微风里摇动着红穗。也必须立定看一看，平常的东西放在这里仿佛就与众不同。正是因为有些荞麦与高粱，我们才越觉得全部风景的自自然然，幽美而亲切。看，那间小屋上的金黄的大瓜哟！也得看好大半天，仿佛向来也没有看见过！

　　是不是因为札兰屯在内蒙古，所以才把五分美说成十分呢？一点也不是！我们不便拿它和苏杭或桂林山水作比较，但是假若非比一比不可的话，最公平的说法便是各有千秋。"天苍苍，野茫茫"在这里就越发显得不恰当了。我并非在这里单纯地宣传美景，我是要指出，并希望矫正以往对内蒙古的那种不正确的看法。知道了一点实际情况，像札兰屯的美丽，或者就不至于再一听到"口外""关外"等名词，便想起八月飞雪，万里流沙，望而生畏了。

常春藤的诗

张秋生

常春藤是一位勤奋的诗人。

夏日里，他把他的绿色的诗写在地上、墙上，写在坡地边，写在石头上，也写到了粗大的树干上……

常春藤向每个走过这里的人问道："我写的诗怎么样？"

小蜥蜴说："你的诗是伞，遮着我真阴凉！"

小松鼠说："你的诗是铺在地上的绿毯，走在上面很舒服。"

一只飞来的小鸟说："常春藤，你的诗是贪吃的小毛虫们的饼干，是给我盛美食的饭碗……"

一朵小蘑菇说："常春藤先生真了不起，每个人都从他的诗里读出了不同的内容。"

山中的历日

郑振铎

　　"山中无历日"，这是一句古话，然而我在山中却历日记得很清楚。我向来不记日记，但在山上却有一本日记，每日都有两三行的东西，写在上面。自七月二十三日，第一日在山上醒来时起，直到最后一日早晨，即八月二十一日，下山时止，无一日不记。恰恰地在山上三十日，不多也不少，预定的要做的工作，在这三十日之内，也差不多都已做完。

　　当我离开上海时，一个朋友问我："什么时候可以回来？"

　　"一个月。"我答道。真的不多也不少，恰是一个月。有一天，一个朋友写信来问我道："你一天的生活如何呢？我们只见你一天一卷的原稿寄到上海来，没有一个人不惊诧而且佩服的。上海是那样的热啊，我们一行字也不能写呢。"

　　我正要把我的山上生活告诉他们呢。

在我的二十几年的生活中，没有像如今的守着有规则的生活，也没有像如今的那么努力地工作着的。

第一晚，当我到了山上时，已经不早了，滴翠轩一点灯火也没有。我问心南先生道："怎么黑漆漆的不点灯？"

"在山上我们已成了习惯，天色一亮就起来，天色一黑就去睡，我起初也不惯，现在却惯了。到了那时，自然而然地会起来，自然而然地会去睡。今夜，因为同家母谈话，睡得迟些，不然，这时早已入梦了。家中人，除了我们二人外，他们都早已熟睡了。"心南先生说。

我有些惊诧，却不大相信。更不相信在上海起迟眠迟的我，会服从了山中的习惯。

然而到了第二天绝早，心南先生却照常地起身。我这一夜是和他暂时一房同睡的，也不由得不起来，不由得不跟了他一同起身。"还早呢，还只有六点钟。"我看了表说。

"已经是太晚啦。"他说。果然，廊前太阳光已经照得满墙满地了。

这是第一次，我倚了绿色的栏杆——后来改漆为红色的，却更有些诗意了——去看山景。没有奇石，也没有悬岩，全山都是碧绿色的竹林和红瓦黑瓦的洋房子。山形是太平衍了。然而向东望去，却可看见山下的原野。一座一座的小山，都在我们的足下，一畦一畦的绿田，也都在我们的足下。几缕的炊烟，由田间升起，在空中袅袅地飘着，我们知道那里是有几家农户了，虽然你看不见他们。空中是停着几片的浮云。太阳照在上面，那云影倒映在山峰间，明显地可以看见。

"也还不坏呢，这山的景色。"我说。

"在起了云时，漫山的都是云，有的在楼前，有的在足下，有时浑不见对面的东西，有时诸山只露出峰尖，如在海中的孤岛，这件事可称为云海，那才有趣呢。我到了山时，只见了两次这样的奇景。"心南先生说。

这一天真是忙碌，下山到了铁路饭店，去接梦旦先生他们上山来。下午，又东跑跑，西跑跑。太阳把山径晒得滚热的，它又张了大眼向下望着，头上是好像一把火的伞。只好在邻近竹径中走走就回来啦。

在山上，雨是不预约就要落下来的，看它天气还好好的，一瞬眼间，却已乌云蔽了楼檐，沙沙的一阵大雨来了。不久，眼望着这块大乌云向东驶去，东边的山与田野现出阴郁的样子，这里又是太阳光慢慢地照着了。

"伞在山上倒是必要的，晴天可以挡太阳，下雨的时候可以挡雨。"我说。

这一阵雨过去后，天气是凉爽得多了，我便又独自由竹林间的一条小山径，寻路到瀑布去。山径还不湿滑，因为一则沿路都是枯落的竹叶躺着，二则泥土太干，雨又下得不久。山径不算不峻峭，却异常地好走。足踏在干竹叶上，肉肉地如履铺了棉花的地板，手攀着密集的竹竿，一干一干地递扶着，如扶着栏杆，任怎么峻峭的路，都不会有倾跌的危险。

　　莫干山有两个瀑布，一个是在这边山下，一个是碧坞。碧坞太远了，听说路也很险。走过去要经过一条只有一尺多宽的栈道，一面是绝壁，一面是十余丈的山溪，轿子是不能走过的，只好把轿子中途弃了，两个轿夫牵着游客的双手，一前一后地把他送过去。去年，有几个朋友到那里去游，却只有几个最勇敢的这样地走了过去，还有几个却终于与轿子一同停留在栈道的这边，不敢过去了。这边的山下瀑布，路途却较为好走，又没有碧坞那么远，所以我便渴于要先去看看——虽然他们都要休息一下，不大高兴走。

　　瀑布的气势是那样地伟大，瀑布的景色是那么样地壮美；那么多的清泉，由高山石上，倾倒而下，水声如雷似的，水珠溅得远远地，只要闭眼一想象，便知她是如何地可迷人呀！我少时曾和数十个同学一同旅行到南雁荡山。那边的瀑布真不少，也真不小。老远的老远的，便看见一道道的白练布由山顶挂了下来，却总是没有走到。经过了柔湿的田道，经过了繁盛的村庄，爬上了几层的山，方才到了小龙湫。那时是初春，还穿着棉衣。长途的跋涉，使我们都气喘汗流。但到了瀑布之下，立在一块远隔丈余的石上时，细细的水珠却溅得你满脸满身都是，阴凉阴凉的，立刻使你一点的热感都没有了，虽穿了棉衣，还觉得冷呢。面前是万斛的清泉，不休地只向下倾注，那景色是无比的美好，那清而宏大的水声，也是无比的美好，这使我到如今还记念着，这使我格外地喜欢瀑布与有瀑布的山。十余年来，总在北京与上海两处徘徊着，不仅没有见什么大瀑布，便连山的影子也不大看得见。这一次之到莫干山，小半的原因，因为那山有瀑布。

山径不大好走，时而石级，时而泥径，有时，且要在荒草中去寻路。亏得一路上溪声潺潺的。沿了这溪走，我想总不会走得错的。后来终于是走到了。但那水声并不大，离近了，那水珠也不会飞溅到脸上身上来。高虽有二丈多高，阔却只有两个人身的阔。那么样萎靡的瀑布，真使我有些失望，然而这总算是瀑布，万山静悄悄的，连鸟声也没有，只有几张照相的色纸，落在地上，表示曾有人来过。在这瀑布下流连了一会儿，脱了衣服，洗了一个身，濯了一会儿足，便仍旧穿便衣，与它告别了。却并不怎么样的惜别。

刚从林径中上来，便看见他们正在门口，打算到外面走走。

"你去不去？"黄问我。

"到哪里去？"我问道。

"随便走走。"

我还有余力，便跟了他们同去。经过了游泳池，个个人喧笑地在那里泅水，大都是碧眼黄发的人，他们是最会享用这种公共场所的。池旁，列了许多座位，预备给看的人坐，看的人真也不少。沿着这条山径，到了新会堂，图书馆和幼稚园都在那里。一大群的人正从那里散出，也大都是碧眼黄发的人。沿着山边的一条路走去，便是球场了。球场的规模并不小，难得在山边会辟出这么大的一个地方。场边有许多石级凸出，预备给人坐，那边贴了不少布告，有一张说："如果山岩崩坏了，发生了什么意外之事，避暑会是不负责的。"我们看那山边，围了不少层的围墙。很坚固，很坚固，哪里会有什么崩坏的事。然而他们却要预防着。在快活地打着球的，也都是碧眼黄发的人。

梦旦先生他们坐在亭上看打球，我们却上了山脊。在这山脊上缓缓地走着，太阳已将西沉，把那无力的金光亲切地抚摸我们的脸。并不大的凉风，吹拂在我们的身上，有种说不出的舒适之感。我们在那里，望见了塔山。

心南先生说："那是塔山，有一个亭子的，算是莫干山最高的山了。"望过去很远，很远。

晚上，风很大，半夜醒来，只听见廊外呼呼的啸号着，仿佛整座楼房连基底都要为它所摇撼。山中的风常是这样的。

这是在山中的第一天。第二天也没有做事。到了第三天，却清早地起来，六点钟时，便动手做工。八时吃早餐，看报，看来信，邮差正在那时来。九时再做，直到十二时。下午又开始写东西，直到四时。那时，却要出门到山上走走了。却只在近处，并不到远处去。天未黑便吃了饭。随意闲谈着。到了八时，却各自进了房。有时还看看书，有时却即去睡了。一个月来，几乎天天是如此。

下午四时后，如不出去游山，便是最好的看书时间了。山中的历日便是如此，我从来没有过这样的有规则的生活过。

一九二六年九月二十日追记